AF234973

Cornelia Hoppe | Mirna Funk

A Decade of Start-up Wisdom

Geschichten aus der Start-up-Welt

Bibliographische Information der Neuen Nationalbibliothek: Die Deutsche Nationalbibliothek verzeichnet diese Publikation in der Deutschen Nationalbibliografie; detaillierte biographische Daten sind im Internet über dnb.dnb.de abrufbar.
Dieses Buch ist auch als e-Book erhältlich.

Umschlaggestaltung: Christoph Kock

©2023 Cornelia Hoppe, Mirna Funk

Herstellung und Verlag: BoD – Books on Demand, Norderstedt

ISBN: 978-3-7568-1220-2

Über

Cornelia Hoppe

Cornelia Hoppe wurde 1982 in Dresden geboren und lebt mit Mann und Dackel zwischen Berlin, Kapstadt, Radebeul und dem Rest der Welt. Sie studierte Psychologie und Personalentwicklung in Görlitz und Kaiserslautern und gründete mehrere Firmen sowie die Marke DONE!. DONE!Berlin baut seit 2013 Teams vornehmlich für Start-ups auf, wo Cornelia meist in Interim-Management-Positionen im Personalwesen tätig ist. Seit 2020 ist sie zudem erfolgreiche aktive Angel-Investorin.

Mirna Funk

Mirna Funk wurde 1981 in Ost-Berlin geboren und lebt zwischen Berlin und Tel Aviv. Sie studierte Philosophie an der Humboldt Universität Berlin und arbeitet als Essayistin und Autorin, unter anderem für die Frankfurter Allgemeine Zeitung, die Süddeutsche Zeitung und Die Zeit. Seit 2020 hat sie eine monatliche Sex-Kolumne in der Cosmopolitan und von 2018-2021 schrieb sie auf Vogue-Online über jüdisches Leben heute.

2015 debütierte sie mit ihrem Roman „Winternähe" im S. Fischer-Verlag. Er wurde mit dem Uwe-Johnson-Preis ausgezeichnet und war für den Aspekte-Preis nominiert. Im Februar 2021 veröffentlichte sie ihren zweiten Roman "Zwischen Du und Ich" bei dtv. Im Mai 2022 erschien ihr erstes Sachbuch: „Who cares! Von der Freiheit, Frau zu sein" und landete direkt auf der Bestsellerliste.

Inhalt

Vorwort

Als ich 2013 bei Springstar, damals einer DER sogenannten Inkubatoren in Berlin, meinen letzten Tag hatte, war recht schnell klar: So einen geilen Job bekommst Du nicht wieder. Was also tun? Nicht, dass mir das Gründer-Gen in die Wiege gelegt worden war, noch dass ich jemals vorhatte, auch nur im Ansatz das zu gründen, was mit DONE!Berlin (sowie in den folgenden Jahren DONE!Financials und Wechselwillig) rauskam. Ist es Glück? Können? Arbeit? Ehrgeiz? Disziplin? Richtige Sternenkonstellation? Alles zusammen?

Ich meine, es ist alles zusammen und noch mehr. Natürlich hatte ich wahnsinniges Glück, dass ich ab 2011 bereits zwei Jahre lang den Start-up-Wahnsinn mitmachen konnte. Aus meiner Corporate-Bubble (Lidl, Stepstone, Hays) heraus hätte ich genau kein Wort verstanden. Und auch jetzt – merkt ihr's? „Corporate-Bubble". Man wird einfach so. Man lebt, as soon as landed im Start-up-Kosmos, in Bubbles und Timelines und allem möglichen Quatsch, geht auf Get Together, Lunches und weiß ich was für einen Bumms, und meistens klingt das ganz ganz wichtig, weil Americän. Ist es für die Personen in dem Moment sicher auch, und natürlich habe und hatte auch ich die Tendenz, komplett durchzudrehen, wenn nur ein Millimeter Abweichung vom Tagesplan war, wissend (!), dass sich täglich Universen zwischen Planungen und

Realitäten schieben werden. Warum ich den ganzen Zirkus dennoch mitgemacht habe? Weil der Spaß macht. Weil es einfach so dermaßen Spaß macht, mit Gründern zu arbeiten, die auf den ersten Blick mit einer schizophren-narzisstischen Störung diagnostiziert werden könnten. Die haben aber gar keine Störung (ich kenne die Studien, ich weiß, dass es da andere Aussagen gibt, kann aber versichern, dass die, die jene haben, sich wenn dann auch gut im Griff haben)! Die sind einfach ein wenig anders als die anderen Kinder – und I LOVE IT! Ich liebe es, wenn jemand ein wenig wahnsinnig und verrückt ist, wenn nichts warten kann, wenn 20 Mal dieselbe Frage gefragt wird, wenn alles gestern erledigt gewesen sein muss, wenn jemand für seinen Erfolg kämpft. Ihr fragt euch, ob nicht ich auch Probleme habe, weil ich das so affengeil finde? Mag sein. Größtenteils habe ich aber Bewunderung. Bewunderung dafür, was so alles auf die Beine gestellt wurde. Was für Teams zusammengecastet wurden. Was für Funding-Runden (= Geld von Investoren) reingerollt wurden, was für Spannweiten es von architektonisch absolut durchdachten bis hin zum spartanischen Hühnerstall eingerichteten Offices gibt. Man könnte auch Büros sagen.

Mirna hat aufgeschrieben, was ich ihr sehr inhalts-konzentriert immer wieder aufs Band gesprochen habe. Alles über den Querschnitt der letzten zehn Jahre (2013–2023). Daraus hat Mirna fiktive Stories gemacht, die der Realität in nichts nachstehen. Selbstredend nicht. Es gibt für mich niemand anderen, der die Stories so zu Papier bringen kann. Nennt man Talent, sagt sie. Kann ich nichts hinzufügen.

Auch Mirna und ich haben uns BTW (by the way → „übrigens") in einem Start-up kennengelernt. Zehn Jahre sind vergleichsweise eine verdammt lange Zeit, zumal, wenn man wie ich um die circa 30 Start-ups wirklich intern begleiten konnte und durfte. Und das nicht nur mal so von der Seitenlinie, sondern mittendrin, größtenteils sogar aus dem Management heraus. Ist das anstrengend? Yes. Sind manchmal alle absolut nervig? Yes. Habe ich mehr als 100 Mal gesagt, ich mach den Quatsch nicht mehr mit? Yes. Und auch hier die Frage: Warum komme und kam ich davon nicht los? Weil es ein Thrill ist. Man könnte auch sagen: Spannung. Reibung. Immer was zu tun. Man weiß doch nicht, wer grad welchen Furz quer sitzen hat und mit welcher Vollmeise eine Idee ausgebrütet hat. Dass die letzten zehn Jahre eine Achterbahn der Gefühle waren, kann man auch den folgenden Geschichten entnehmen.

Das Lachen zwischen absolut herzlich bis hysterisch überwog; die Wuttränen und schlaflosen Nächte möchte ich jedoch nicht verschweigen. Andererseits, ich kann nur für mich sprechen, hatte ich immer eine Wahl – und ich wollte einfach immer weitermachen. Es sind so viele Persönlichkeiten und kaum eine ist einfach. Das ist das Interessante. Gerade Early-stage-Start-ups (also die, die grad gegründet wurden) sind herrlich durchmischt. Und nein, Diversity beginnt und endet nicht bei den XX- oder XY-Chromosomen. Zumindest gilt für mich: Je kreativer und verrückter, desto besser. Start-up-Leben ist eine einzige Ambivalenz. Da muss es heißen „YES, AND!", statt „ja, aber …". Und: Sich einfach auch mal nicht zu ernst nehmen. Mal ist man der Hund, mal der Baum. Meine Güte.

Ich bin dankbar für all die Einblicke, harten Learnings (auf Deutsch: Lehren, die ich gezogen habe) und, das Wichtigste: überragend tollen Menschen. Mitstreiter, Teammitglieder und auch Kunden. Einige dürfen nicht mehr aus meinem Leben gehen. Die lieb ich einfach. Und ich danke euch.

Mein Ansinnen mit diesem Buch ist so einfach und schlicht wie manchmal auch mein Gemüt: einfach entertainen. Ich möchte weder etwas (be)lehren noch mit dem erhobenen Zeigefinger dastehen noch etwas heraufbeschwören noch jemanden erklären, warum dies, das, jenes nicht sein kann/darf/will/möchte/soll. Ihr müsst nichts lernen daraus. Ihr sollt einfach nur beschwingt Seite für Seite umblättern, denken, dass alle einfach nur gaga sind, ihr die Normalsten der Welt und das wars. Nicht mehr und nicht weniger. Dieses Buch ist Entertainment, manchmal, nein ganz oft, auch ironisch. Aber auch das einfachste Entertainment kommt nicht ohne die größeren Dramen aus – und lasst es mich mal gesagt haben: Start-up ist einfach Sex, Drugs and Rock ´n´ Roll – nur eben anders ausgeprägt. Dennoch steckt hinter jedem Gründer, Mitarbeiter, Praktikanten (in jedweder m/d/f-Form) eine komplexe Persönlichkeit, die das Flirren dieses Universums meistens gar nicht greifen kann. Vergesst das nicht: Es sind immer noch Menschen, die die Ideen haben und umsetzen. Und meiner Erfahrung nach sind 99,8 Prozent gut. Lasst mich in meiner naiven Blase leben, ich glaub einfach daran, trotz oder gerade wegen all dieser Geschichten aus Absurdistan. Lest mal rüber, staunt, lacht, schüttelt den Kopf. Gründen ist nicht easy. Alltag ist nicht easy. Urteilen geht immer leicht. Macht das Beste aus dem, was Euch jeden Tag im Leben geschenkt wird, und lacht einfach über banale Unsinnigkeiten. Die machen das Leben einfach noch bunter.

Cornelia

RECRUITING

Desaster Brain Teaser

Wir hatten wirklich alles durchdacht, was den Einstellungsprozess betraf. Alles. Nur Elite-Unis. Nur Einser-Schüler. Nur Leute mit hartem Wirtschafts-Background. Gerne nerdy. Fast schon irre. Wer in der Lage war, ein flüssiges Gespräch zu führen und dazu noch empathischen Beistand zu leisten, wenn eine Mitarbeiterin an der Excel-Tabelle verzweifelte, der war für die wichtigen Positionen eigentlich der Falsche. Wir wollten nur Exzellenz. Die Smartesten der Smarten. Die Schnellsten der Schnellen. Die Effektivsten eben. Schließlich hat sich das moderne Recruiting in den letzten Jahren stark gewandelt. In Recruiting-Slang würde man sagen: Wir haben es hier mit einem proaktiven, strategischen und technologiegestützten Prozess zu tun. Eine entscheidende Komponente ist die Arbeitgebermarke, die Unternehmen stärken müssen, um qualifizierte Kandidaten anzuziehen. Dazu gehört die Kommunikation von Unternehmenskultur, Werten und Vorteilen gegenüber potenziellen Bewerbern.

Personalbeschaffungsteams müssen heute auch soziale Medien und Online-Plattformen nutzen, um aktiv nach Talenten zu suchen, statt nur auf eingehende Bewerbungen zu warten. War of Talents nennt man den

Spaß. Während einem früher die Mitarbeiter hinterhergeschmissen wurden, sind wir heute eigentlich nur noch damit beschäftigt, sie länger als ein Jahr zu halten. Generationenkonflikt eben. Es fing alles mit Bionade und Kickertisch an und mündete in das komplette Entwickeln ganzer Departments, die nur darauf ausgerichtet sind, Mitarbeiter zu akquirieren und zu halten. Früher machte das der Abteilungsleiter noch selber. Heute kümmern sich zehn Leute darum. Aus dem Thema „Mitarbeiter einstellen" ist eine Wissenschaft geworden. Und das Ganze hat keine 15 Jahre gedauert. Parallel der Start von LinkedIn, die den Trend glücklicherweise rechtzeitig entdeckt haben und in Lichtgeschwindigkeit Wanna-Be-Portale wie Xing wegfegten wie Staub. Amerika kann eben vieles besser. Das muss man schon so sagen. Aber wir haben auch viele Fehler gemacht.

Wir? Wir sind solche wie ich. Recruiterin. 36 Jahre alt. Aus Hamburg. In meiner Freizeit gehe ich reiten. Aber nicht nur. Samstags ist immer Brunch mit den Girls. Die Girls kenne ich seit 20 Jahren. Wir haben uns natürlich in all der Zeit weiterentwickelt. Manchmal auch weg voneinander, um uns dann wieder näher zu kommen. Jede macht da auf ihre Art Dinge, die sie kann oder für die sie Talente besitzt. Bei mir war das viele Jahre nicht so klar. Ein bisschen gekellnert, ein bisschen Casting, ein bisschen Produktion, dann irgendwie reingerutscht ins Recruiting. Nach dem Motto: „Clara, kannst du mal 'ne Kamerafrau besorgen, bitte. Die brauchen wir bis nächste Woche!" Und dann habe ich denen natürlich die Kamerafrau besorgt. Pünktlich versteht sich. Und schon hieß es nur noch, Clara, hier den und den brauchen wir noch, und Clara, mein Freund leitet eine Event-Bude, der sucht gerade Unterstützung, um neue Mitarbeiter einzustellen. So fing das alles an.

Ohne es selbst zu verstehen, muss ich rückblickend sagen, dass ich einfach extrem gut in dem war, was ich da machte. Aber das war – wie gesagt – vor 15 Jahren, und damals hieß es nur, Lebenslauf durchschauen, Bewerber anrufen, Interview durchführen, höchstens noch einmal den Oberboss rüberschauen lassen übers neue Gesicht und dann war die Person schon im Team. Obwohl es Menschen wie Sand am Meer gab. Alle brauchten Jobs. Wegen der Weltwirtschaftskrise 2008. Lehman Brothers und der ganze Scheiß. Alle waren arbeitslos. Jeder tat, was er konnte, um sich über Wasser zu halten. Und trotzdem haben wir da nicht so ein unfassbares Fass aufgemacht, um Leute einzustellen, sondern sind mit bisschen Vernunft und vor allem Intuition an die Sache rangegangen. Aber heute? Heute ist das alles anders. Heute ist das irgendwie aus dem Ruder gelaufen. Ganz ehrlich. Aber selbst ich habe das lange gar nicht begriffen. Es hieß immer nur: „Das macht man jetzt so. Das macht man jetzt so im Valley. Das macht man jetzt so in New York."

Und „so" hieß eben dieses ganze Brimborium. Diese eine Million Steps, bis jemand einen Vertrag bekommt. Vorgespräch am Telefon. Dann Gespräch mit der Recruiterin. Dann einladen zum Interview mit der Recruiterin. Dann einladen zum Gespräch mit dem Oberboss. Dann Gespräch mit der Leiterin der Abteilung. Und dann gerne noch ein Gespräch mit Teilen aus dem Team, damit die Energie am Ende stimmt. Man will Synergien nutzen, und dass die Stimmung stimmt und dass alles Friede-Freude-Eierkuchen-mäßig abläuft, damit der Laden ordentlich geschmissen wird. Aber ich sage jetzt mal was, das Problem bekommt man auch mit einer Million Steps nicht gelöst. Stress wird es immer geben. Bei der nächsten Deadline oder wann auch immer. Aber die Mitarbeiter fordern mittlerweile, dass sie ihr Go zum neuen Mitarbeiter erteilen. Und, wenn sie ihn nicht vorher gesehen haben und überzeugt sind, dann ist richtig schlechte Laune angesagt. Die darf man seit zehn Jahren schließlich auch rauslassen, ohne Angst haben zu müssen, gefeuert zu werden. Der Mitarbeiter hat die Macht. Eine meiner Girls erzählte mir letztens – sie arbeitet als Hochschuldozentin an einer Musikfachschule – dass sie zum Seminarbeginn angeranzt worden war, weil sie allen Studierenden einen Plan vorgelegt hatte, statt die in die Planentwicklung miteinzubinden. Da sagte doch eine ernsthaft, dass sei das Seminar der Studenten und als mein Girl antwortete: „Nein, das ist mein Seminar", haben die doch einen offenen Brief an die Schulleitung geschickt und sind ihrem Unterricht ferngeblieben. Ich meine: Helloooooo?

Aber die Macht dieser Mitarbeiter, die ja am Ende nie länger als 18 Monate bleiben, weil sie irgendein Sabbatical auf Honolulu machen müssen, um sich von ihrem Boreout zu erholen, ist eigentlich nicht das Allerschlimmste, obwohl es an „allerschlimm" schon ziemlich nah rankommt. Das Schlimmste sind Brain Teaser. Kennt die noch einer? Von früher aus der Schule? Ein Brain Teaser, zu Deutsch Hirnquetscher, ist eine Art von Rätsel, Frage oder Problem, das gedacht ist, um kritisches Denken, Logik, Kreativität und Problemlösungsfähigkeiten zu fördern. Brain Teaser können in verschiedenen Formen auftreten, wie etwa Wortspiele, mathematische Rätsel, logische Rätsel oder visuelle Rätsel. Ein Beispiel für einen Brain Teaser wäre das hier: Ein Mann gibt seinem Pferd sechs Eimer Wasser und vier Säcke Hafer. Wenn er aufhört, das Pferd zu füttern, wie viele Tage dauert es, bis das Pferd allen Hafer aufgefressen hat?

Antwort: Null Tage. Pferde können nicht Eimer und Säcke zählen.

Ich meine, hä? Das verstehe selbst ich als Recruiterin nicht. Aber wir müssen das machen. Sagt Jürgen. Jürgen liebt Brain Teaser. Und Jürgen ist der CEO des Unternehmens, für das ich gerade tätig bin. Jürgen will, dass jeder Mitarbeiter im Recruiter-Gespräch mindestens drei Brain Teaser vor die Nase bekommt und diese auch beantworten kann. „Keiner wird eingestellt, der die Teaser nicht mit links löst", hat Jürgen erklärt, als er die Aufgabe Recruiting-Prozess übernommen hat. Ich selbst habe es noch ohne Brain Teaser ins Unternehmen geschafft, weil Jürgen damals verheiratet und glücklich war und sich lediglich auf die Dinge konzentrierte, deren Verantwortung er innehatte. Mit der Scheidung kam dann die totale Umnachtung, und jetzt hockte er da von sieben bis 22 Uhr und hatte die Kontrolle über sein Leben verloren, weil er die Kontrolle über die Firma übernommen hat.

Was mache ich nun immer? Ich suche auf Google nach „Brain Teaser" und knalle die im Interview den Bewerbern vor die Nase. Dann stellen sie mir natürlich Fragen zu dem Brain Teaser, aber weil ich das Ding selbst nicht verstehe, behaupte ich, keine Fragen beantworten zu dürfen. Komplett bescheuert. Seit einem Jahr habe ich es also nur mit Neueinstellungen zu tun, die drei Brain Teaser beantworten können, auf einer Elite-Uni waren und auch sonst nicht mehr alle Tassen im Schrank haben. Das führt dann dazu, dass ich mich mit Menschen herumplagen muss, die es nicht mal schaffen, eine Krankenkassenanmeldung hinzubekommen, sondern ernsthaft eine Kopie der Krankenkassenkarte ihres Bruders einreichen, weil der Nachname ja identisch ist. Oder Menschen, die einer weinenden Mitarbeiterin sagen, dass sie lieber auf die Toilette gehen sollte als vor versammelter Mannschaft zu heulen. Oder Menschen, die keine Hobbies haben, sondern sich überall und in alles einmischen müssen. Was ich damit sagen will: Wir hatten wirklich alles durchdacht, wenn es um den Einstellungsprozess ging. Alles. Nur

Elite-Unis. Nur Einser-Schüler. Nur Leute mit hartem Wirtschafts-Background. Gerne nerdy. Fast schon irre. Wer in der Lage war, ein flüssiges Gespräch zu führen und dazu noch empathischen Beistand zu leisten, wenn eine Mitarbeiterin an der Excel-Tabelle verzweifelte, der war für die wichtigen Positionen eigentlich der Falsche. Wir wollten nur Exzellenz. Die Smartesten der Smarten. Die Schnellsten der Schnellen. Die Effektivsten eben. Aber dabei sind wichtige Werte auf der Strecke geblieben, und vor allem realitätsnahes Arbeiten. Menschen, die Erfahrung besitzen und nicht nur eine Eins von der Bocconi Universität nachweisen können. Menschen mit universellem Wissen. Mit Fingerspitzengefühl. Mit Empathie. Mit Intuition. Mit Witz. Mit Charaktereigenschaften, die man durch Brain Teaser eben nicht eruiert bekommt. Im Gegenteil. Denn, wer eine solche Frage richtig beantwortet, sollte der überhaupt eingestellt werden: Drei Menschen gehen über eine Brücke, die nur das Gewicht von zwei Personen gleichzeitig tragen kann. Es ist dunkel, und sie haben nur eine Taschenlampe dabei. Die Brücke ist so schmal, dass immer nur zwei Personen nebeneinander gehen können, und sie müssen die Taschenlampe benutzen, um den Weg zu sehen. Die drei Personen können die Brücke in einer Minute, zwei Minuten oder fünf Minuten überqueren. Wenn zwei Personen gemeinsam gehen, benötigen sie so viel Zeit, wie die langsamste Person braucht. Wie können alle drei Personen die Brücke in sechs Minuten überqueren?

Sag mir, wie du heißt, und ich sag dir, wer du bist

„Ich sage es mal so: ich war viele Jahre im Recruiting. Sehr viele Jahre. Vielleicht sogar zehn Jahre zu lange. Aber was soll ich machen? Mittlerweile habe ich die 50 überschritten. Bis zum Renteneintritt ist es gar nicht mehr so lang hin. Dabei verstehe ich nicht einmal, was ich dann ab 67 Jahren den lieben langen Tag machen soll. Meine Rente reicht nicht, um durch die Weltgeschichte zu reisen. Sie reicht, um in einer kleinen Ein-Zimmer-Wohnung am Rande einer Großstadt zu leben. Vielleicht müsste ich sogar wieder in das Drecksdorf zurück, aus dem ich als rebellierender 20-Jähriger gekommen war. Vielleicht müsste ich sogar zu meinen Eltern ziehen und sie pflegen und darauf hoffen, dass ich den alten Mietvertrag ihrer Schrottwohnung werde übernehmen können. Damals in den Neunzigern, da hatten wir noch an die Verwandlung der Gesellschaft geglaubt. Dieser Post-Kalte-Krieg-Traum einer freieren, einer besseren Welt, einer gerechteren Welt. Keine Ahnung, wie wir damals auf solchen Quatsch gekommen sind, doch es ist nun mal die Wahrheit. Heute, heute wird alles schwarz gesehen: Klimakrise und so. Das ist natürlich derselbe Blödsinn in grün, wie zu glauben, am Ende wartet irgendein Paradies. Es gibt kein Ende. Das ist möglicherweise sogar der Gedanke, der am wenigsten erträglich ist und wegen dem ununterbrochen irgendwelche Zukunftsszenarien aufgemacht werden, in denen es eben so viel besser oder eben so viel schlechter aussieht", sagte Christian Otto als er vor dem Bewerber saß. Es gibt Männer und Frauen, die verlieren einfach Sinn und Verstand nach ihrer Midlife-Crisis. Was generell niemandem zu verübeln ist. Wer will schon verstehen, dass man nicht mehr lange zu leben hat. Selbst die Wespen im September drehen so dermaßen durch, dass sie wie ein Highschool-Shooter in den USA auf alles und jeden losgehen. Nur wegen der unvermeidlichen Tatsache, dass „Na, Sie wissen schon und so weiter und so fort". Der Bewerber saß verängstigt vor Christian. Vielleicht war er auch verunsichert. Was würde ihm anderes übrigbleiben, als gute Miene zum bösen Spiel zu machen? Er wollte ja den Job und dazu gehörte, sich nichts anmerken zu lassen. An Animositäten zum Beispiel. Er, der Bewerber, war ein 30-jähriger Inder, den seine Eltern in ein Flugzeug nach Germany gesteckt hatten, um von Germany aus zukünftig die Eltern zu versorgen. Das heißt, es stand hier Einiges auf dem Spiel. Rajesh Raghavendra, geboren und aufgewachsen in einer mittelgroßen Stadt im Bundesstaat Karnataka in Südindien. Als jüngstes von vier Kindern hatte Rajesh schon immer ein besonderes Interesse an Mathematik und Technologie.

Mitte der 2010er-Jahre, in einer Zeit des schnellen technologischen Wandels, sah Rajesh die Gelegenheit, in der IT-Branche zu arbeiten. Nachdem er mit Auszeichnung sein Informatikstudium an der renommierten Visvesvaraya Technological University abgeschlossen hatte, begann er bei einer großen IT-Firma in Bengaluru zu arbeiten. In den ersten Jahren seiner Karriere arbeitete Rajesh hart, oft bis spät in die Nacht. Sein Fleiß und seine Hingabe zeigten Wirkung, und er machte schnell Karriere in der Firma. Trotz seiner beruflichen Erfolge hatte er jedoch immer den Wunsch, im Ausland zu arbeiten und die Welt zu sehen. Dieser Wunsch wurde verstärkt durch Geschichten, die er von Freunden und Kollegen hörte, die im Ausland, insbesondere in Europa und den USA, arbeiteten. Im Jahr 2022 erhielt Rajesh die Chance, die er immer wollte. Sein Unternehmen bot ihm eine Stelle in ihrer neu eröffneten Niederlassung in Deutschland an. Obwohl er die Herausforderung spürte, ließ er sich diese Chance nicht entgehen. Er begann, Deutsch zu lernen, in Vorbereitung auf seinen Umzug. Im Jahr 2023 zog Rajesh schließlich nach Deutschland, genauer gesagt nach München, einer Stadt, die für ihre Technologieindustrie bekannt ist. Er war fasziniert von der Schönheit der Stadt, ihren historischen

Gebäuden, dem sauberen Straßenbild und den vielen Grünflächen. Die ersten Monate waren herausfordernd. Es gab Sprachbarrieren und kulturelle Unterschiede, die es schwer machten, sich anzupassen. Aber Rajesh war entschlossen und nutzte diese Herausforderungen, um zu lernen und sich anzupassen. Er nahm an einem intensiven Deutschkurs teil und versuchte, so viel wie möglich über deutsche Kultur und Traditionen zu lernen.

Rajeshs Geschichte ist typisch für viele indische Fachkräfte, die nach Deutschland kommen, um zu arbeiten. Es ist eine Geschichte des Fleißes, des Anpassungsvermögens und des Wunsches, neue Erfahrungen zu sammeln. Es ist auch eine Geschichte der Überwindung von Hindernissen und der Schaffung eines neuen Lebens in einem fremden Land.

„Immerhin musst du nicht als Wolt-Lieferfahrer durch München tingeln. Von denen gibt es ja mittlerweile viele. Wie kommen die da eigentlich hin? Also wieso Wolt? Dabei habt ihr doch alle eine so gute technische Ausbildung. Also ich meine, deine hier, 1A. Top Notch. Oberstes Level. Deswegen haben wir dich ja auch eingeladen, um den Laden richtig auf Vordermann zu bringen. Step up the Game. Das zumindest haben mir die Chefs gesagt. Ich solle das IT-Game upsteppen und nur Class A ITler ranholen. Dabei verstehe ich gar nichts von IT. Ich kann ja nicht mal deinen Namen aussprechen. Das hat mit dir persönlich nicht mal was zu tun. Aber, was glaubst du, wo man die Class A ITler im Moment herbekommt? Genau! Nicht aus Deutschland. Früher ging das noch. Da konnte man Christoph und Nils rankarren, die ihre Jugend mit dem Basteln von Computern verschwendet haben und sich die ersten Programmiersprachen selbst beibrachten. Aber Jungen mit ähnlicher sozialer Inkompetenz verdienen heute ihr Geld als Streamer und Gamer. Die müssen gar nicht mehr programmieren lernen. Ich würde sagen, vor acht Jahren hatte man die letzten Christophs und Nils vor sich sitzen und dann veränderten sich die Namen schlagartig."

Rajesh saß mit großen, aufgerissenen Augen vor Christian und musste seine Transpirationsgeschwindigkeit zügeln. Er spürte, wie sein Rücken nass wurde. Kleine Tropfen kullerten an seiner Wirbelsäule herunter. Er dachte an seine Mutter, zu der er in diesem Moment unbedingt zurückrennen wollte, weinend in ihre Arme fallen und winselnd die

Entscheidung mit Germany rückgängig machend. Er dachte an seinen Vater, und wie dieser mit einem bösen Gesicht die Szene mit der Mutter kommentieren würde, und dann begann Rajesh auch noch über seiner Oberlippe zu schwitzen. Also fasste er sich ein Herz und wischte mit dem Zeigefinger ganz schnell rüber. Er spürte den kleinen Bartflaum. Erst vor wenigen Jahren war ihm überhaupt Haar aus den Poren seiner Gesichtshaut gewachsen und erst vor kurzem hatte er überhaupt angefangen, es zu rasieren. Rajesh lächelte Christian an und nickte einfach. Das hatte ihm sein Vater von klein auf beigebracht. Was Hierarchie bedeutete und wie man mit Personen umzugehen hatte, die hierarchisch über einem standen. Es war nicht so, dass Rajesh nichts zu Christian sagen wollte. Ganz viel wollte Rajesh sagen. Zum Beispiel, dass er im Internet den Namen „Christian" gegoogelt hatte, um zu lernen, wie man ihn richtig ausspricht, weil er das selbstverständlich nicht konnte, schließlich war Christian Otto der erste Christian seines Lebens. Und dann nahm er allen Mut zusammen und sagte laut seinen Namen. Und dann noch einmal und dann noch mal, aber in sehr langsam. Erst seinen Vornamen. Und dasselbe tat er mit seinem Nachnamen. Christian Otto schaute Rajesh peinlich berührt an. Mehrere Minuten lang, weil Rajesh Raghavendra einfach nicht aufhörte, seinen Namen immer wieder zu sagen und in Zeitlupe auszusprechen. Aber irgendwann setzte Christian Otto einfach mit ein. Er starrte auf Rajeshs Mund und wie dieser ihn bewegt und wie aus dem Mund die einzelnen Buchstaben seines Namens kamen und auch Christian Otto bewegte seinen Mund und irgendwann wurden die Buchstaben von Rajeshs Namen in Christian Ottos Mund immer lauter und beide sprachen diesen Namen synchron aus und dieses synchrone Aussprechen des Namens klang irgendwann wie eine Melodie oder ein Mantra, das man normalerweise beim Yoga singt. „Om Namah Shivaya Gurave" zum Beispiel. Aber dieses Mantra hieß Rajesh Raghavendra und es wurde nicht von einem Haufen Frauen und einem schwulen Mann gesungen, sondern von Christian Otto und Rajesh Raghavendra selbst. Minutenlang. Immer lauter. So laut, dass Mitarbeiter, die an Christians Büro vorbeikamen, durch den Spalt der geöffneten Tür lugten.

Rajesh und Christian sangen so einige Minuten, bis sie im Einklang miteinander leiser wurden und das Mantra irgendwann zu einem Abschluss brachten, dann sprangen sie vom Stuhl auf, umarmten sich innig. Rajesh bekam den Job selbstverständlich. Während seiner Zeit in

Deutschland baute er eine erfolgreiche Karriere in der IT-Branche auf. Er arbeitete an vielen herausfordernden Projekten und leitete schließlich sein eigenes Team. Seine Arbeit brachte ihm Respekt und Anerkennung in seiner Firma und in der Branche ein. Trotz des beruflichen Erfolgs hatte Rajesh manchmal Heimweh und vermisste seine Familie und Freunde in Indien. Doch er machte auch neue Freunde in Deutschland und baute sich ein neues Leben auf. Er liebte es, deutsche Städte zu erkunden, deutsche Gerichte zu probieren und das Oktoberfest und andere kulturelle Veranstaltungen zu besuchen. Und immer begegnete er mehr Menschen, die seinen Namen nicht aussprechen konnten, als Menschen, die wussten, auf welcher Silbe die Betonung liegen müsse, und dann tat Rajesh das, was er damals im Büro bei Christian getan hatte. Freundschaften entstanden daraus, sogar eine Beziehung, die zwar nur wenige Monate hielt, aber dennoch eine große Bedeutung für ihn hatte. Und immer, wenn das Heimweh wieder zu groß wurde, rief er Christian an und telefonierte zwei Stunden mit ihm.

POWER GAMES

Der Fotoshoot

Ich weiß noch genau, wie ihr reingekommen seid, in mein Studio. Hinterhof in Kreuzberg. Ein schwüler Sommertag. 35 Grad. Wenige Stunden zuvor hatte es geregnet. Eigentlich gibt es solches Wetter nur in Thailand. Daher kenne ich es. Aus Deutschland eher weniger. Meine Assistentin hatte den Abend vorher abgesagt – Fischvergiftung – und ich musste ruckzuck jemand Neues organisieren, der mir mit dem Licht und allem anderen helfen würde. Ihr wolltet sogar einen Hair- und Make-up-Stylisten und den haben wir natürlich sofort besorgt. Es war nicht mein erstes Gründer-Shooting. Ich kannte das schon. Die Eitelkeit, die Wichtigkeit, dieses Bedürfnis, zu glänzen. Fine by me, habe ich nur gedacht. Warum nicht. Deutschland braucht mehr solche Typen, auch wenn sie nerven. Wer nervt, der schafft. In den meisten Fällen. Der kommt auf besondere Ideen. Der hat den richtigen Riecher und die angeborene Verrücktheit, Dinge in die Wege zu leiten, vor denen andere eben zurückschrecken würden. Ihr wart zwei Männer und zwei Frauen. Immerhin, dachte ich. Endlich mal zwei Frauen. Nur 15,7 Prozent – von all denen, die in Deutschland ein Start-up gegründet haben, sind weiblich. Woher ich das weiß? Gegoogelt, recherchiert. Wer bekannt ist als die beste Gründer-Fotografin, dem werden die Dudes nun mal in den Laden gespült. Nicht monatlich, nicht wöchentlich, sondern fast täglich. Und wer gute Fotos produzieren will, der muss die Seele verstehen. Der muss begreifen, welche Menschen man da vor sich hat. Woher sie kommen, warum sie so sind wie sie sind und wohin sie wollen. Mit jedem Gründer lerne ich mehr über die berühmt-berüchtigte Start-up-Welt. Ich googelte nun allerdings nicht nur, sondern hörte ihnen einfach zu. Ihren Gesprächen, den Telefonaten und Zoom-Konferenzen, die natürlich immer irgendwie zwischendurch in den Shoot gequetscht werden mussten. So viel Zeit musste sein. Immer.

Ich wies gerade meinen neuen Assistenten in die Handhabung der Kaffeemaschine ein, als der Erste von euch durch die Tür stolzierte. Wirklich stolzierte. Anders kann man es gar nicht zum Ausdruck bringen. Riesig. Viel größer als alle anderen. Er rief in den Raum „Hi, ich bin Timo!" und es schallte zurück „Hi, ich bin Timo!" Genau darum ging es ihm. Um das Echo, das er generierte. All Eyes on Timo. Sicher aus gutem Hause, dachte ich. Sicher in St. Gallen zur Universität gegangen. Sicher vorher in Salem auf dem Internat gewesen. Es gibt da diese Salem-Aura. Die habt ihr alle. Die muss man da über euch ausgeschüttet haben. Einmal unter der Salem-Aura-Dusche gestanden und den Duft nie wieder losgeworden. Die Haare zurückgegelt. Eine Brille mit teurem Gestell. Ein bisschen Streetwear gemischt mit Daddys Seidenschal im Bohemian-Style. Und bevor der nächste hinter Timo hervorblitzen konnte, klingelte in höchster Lautstärke das iPhone. Ja hier, ja da, ja alles ganz schnell, jaja die Zahlen. Wie ein wildes Tier wandertest du vor dem Fenster entlang. Hin und her. In derselben Lautstärke, wie der Klingelton des Handys auch die Stimme, die herrisch erklärte, wie die Dinge zu laufen haben. Verantwortung nennt man das. Für einen Haufen Leute und sehr viel Geld, was in den wenigsten Fällen einem selbst gehört. Eigentlich nie schwarze Zahlen. Vielleicht mal einen Monat Break-Even. Höchstens.

Der Assistent hatte den ersten Kaffee fertig. Immerhin. Das kann er, dachte ich, als ich neugierig auf die Tür starrte. Anna. Da war sie. Ich hatte sie schon gegoogelt. Hatte alle gegoogelt, aber sie besonders. Vater hohes Tier bei Daimler. Mutter Lobbyistin. Das gibt es ja kaum in Westdeutschland. Die Eltern beide am Performen. Meistens hält doch einer dem anderen den Rücken frei und wir wissen alle, wer der eine und wer der andere ist. Einzelkind. Anna. Rote, schulterlange Haare. Anna. Weiße Haut mit Sommersprossen. Anna. Aufgewachsen in

Stuttgart. Anna. Anzughose in Magenta. Anna. Cremefarbene Seidenbluse. Anna. Du hast mir direkt die Hand gegeben, Anna. In die Augen geschaut. Intensiv und offen und interessiert. Das kannst du. Jemandem Anerkennung schenken. Das musst du wahrscheinlich auch. Du kannst dir nicht leisten, wie Timo die Welt zu ignorieren. So weit ist es dann doch nicht mit der Gleichberechtigung. Wenn Frauen die Welt ignorieren dürfen, wie Männer es tun, dann ist es geschafft und vollbracht. Dann ist die Gründerquote sicher auch 50/50 und die Investitionsquote 50/50 und alle anderen Quoten spiegeln die Zukunft wider und halten sich nicht an der Vergangenheit fest. Dann hast du dem Assistenten die Hand gegeben und mehr als freundlich „Hallo" gesagt. Timo war immer noch am Telefonieren. Du hast ihn entschuldigt. Die Verantwortung, die Mitarbeiter, das Geld und so weiter und sofort und ich habe deine Entschuldigung unterbrochen, weil ich doch alles längst weiß.

In der Sekunde als er auflegte, kamen zeitgleich die letzten beiden von euch rein. Nilgün und Andreas. Was für eine Kombination, dachte ich. Andreas, dieser Mann, der von „X" (vormals Twitter) nur als „Boomer" bezeichnet würde, obwohl er das gar nicht ist. Andreas trug stolz Anzug, aber ich konnte durch diese Uniform hindurchsehen und seine alten Raver-Klamotten entdecken, die er sich in der Sekunde übergezogen hatte, als er 1993 nach Berlin gezogen war, um Hannover hinter sich zu lassen. Die Lehre zum Versicherungsmakler hinter sich zu lassen. Die Erwartungen der Eltern hinter sich zu lassen. Die vorgefertigte Biografie hinter sich zu lassen. Und nach ein bisschen Bunker und Tresor und E-Werk und ein bisschen zu viel Speed und zu viel Ecstasy und zu viel Koki hatte er vor 25 Jahren doch noch die Kurve gekriegt und die Versicherungsnummer ein paar Jahre spießig durchgezogen, um jetzt von Timo und Anna angezapft zu werden. Zum CPO haben sie ihn gemacht, aber nicht zum Mitgründer. Dabei weiß er mehr als sie. Davon, wie man die ganze langweilige Versicherungsbranche von hinten aufrollt und ins nächste Level hebt, wie Timo immer sagt, wenn er ihr Produkt erklärt. Und auch Nilgün, die wurde eingestellt, um angezapft zu werden. Und auch Nilgün macht jetzt ihre spießige Ausbildung zum Schauplatz einer neuen Welt. Und auch Nilgün darf nicht Mitgründerin sein. Die haben sie zum CFO gemacht. Weil sie mit Zahlen kann und so. Weil sie Excel kann und so. Und diese ganzen Programme, die man braucht, um so ein Start-up am

Leben zu halten. Ohne Nilgün und Andreas wäre *Inschuro* verloren. Das bisschen St. Gallen und Salem, das da in Anna und Timo steckt, öffnet Türen. Das bisschen St. Gallen und Salem lässt dich an Luftschlösser glauben und vom höchsten Turm springen, ohne Angst vor einem tödlichen Aufprall. Das bisschen St. Gallen und Salem bringt dir bei, wie man Menschen eigentlich nicht behandeln sollte. Das bisschen St. Gallen und Salem lässt dich in einer Bubble aus Gleichgesinnten versauern. Das bisschen St. Gallen und Salem gebiert nicht die größten Ideen, aber die größten Egos. Das weiß Anna. Aber Timo hat natürlich keine Ahnung, dachte ich leise vor mich hin, während ich euch alle genau beobachtete. Dann legte er endlich auf und schaute zu, wie sich Nilgün und Anna um den ersten Platz in der Maske stritten. Timo sagte, er sehe gut genug aus, er brauche nichts, und lachte. Timo sagte, der Kurzurlaub auf Mauritius hätte Wunder was mit seiner Haut gemacht. Timo sagte, kein Make-up der Welt könne die Mauritius-Sonne ins Gesicht zaubern. Anna verdrehte ein bisschen die Augen, ohne dass Timo es mitbekam. Nilgün nickte verständlich. Das kannte sie schon. Die verdrehten Augen von Anna. Und die verdrehten Worte von Timo. Andreas ließ sich die Nase pudern. Bestimmt kommen jetzt die Flashbacks, dachte ich. Ich erzählte was von Portraits und Gruppenbildern. Mal alle, mal nur Zwei zusammen, mal nur Drei zusammen. Diversität und so. Möglichkeiten. Was man so braucht für die Presse und die Website und LinkedIn und vielleicht noch Tinder. Who knows. Timo hat bestimmt Tinder, dachte ich. Und in der Bio steht „Höher, schneller, weiter" und Anna hat auch Tinder, dachte ich. Und in der Bio steht „Ambitious women really only have two options, a super supportive partner or no partner at all." Was dazu führt, dass einfach kaum jemand nach rechts swiped. Sad-Emoji, dachte ich. Der Assistent baute das Licht auf. Boom. Richtig Lichtgewitter im Studio. Licht ist alles. Jeder kann gut aussehen, wenn man das Licht richtig setzt. Licht ist das Geheimnis. Hintereinander machte ich die Portraits von euch. Erst Andreas, dann Anna, dann Timo und dann Nilgün. Bisschen ernst. Bisschen mit Lachen. Die Hände mal locker hängend. Dann wieder verschränkt vor der Brust. Diversität und so. Möglichkeiten. Was man so braucht für die Presse und die Website und LinkedIn und vielleicht noch Tinder. Und dann kam das Gruppenfoto. Ich drapierte euch ein bisschen auf so einer Ledercouch. Braunes Leder. Abgewetzt. Mal saß einer, mal stand einer, mal saßt ihr alle zusammengequetscht. Mal ein bisschen cosy, mal ein bisschen distanziert. Dann noch stehend. „Ich glaube nicht an die Couch. Wir müssen stehen!", sagte Timo nämlich. Also alle aufgestanden. Nebeneinander, hintereinander. Dann brachte das Catering den Lunch. Outfitwechsel. Wieder neue Portraits. Bisschen lustiger, bisschen lockerer, bisschen mit Spaß. Diversität und so. Möglichkeiten. Was man so braucht für die Presse und die Website und LinkedIn und vielleicht noch Tinder.

Gegen 17 Uhr war alles vorbei. Ich war fertig und ihr saht müde aus. Aber glücklich. Glücklich habt ihr euch verabschiedet. Glücklich kamen noch Dankes-E-Mails von Andreas und Nilgün und Anna. Und eine von Timo. Klar. Erwartbar. Betreff: „Wegen der Fotos. Bitte ausgewählte Gruppenbilder bearbeiten. Wirke zu klein neben Andreas. Bitte per Photoshop Größe anpassen. Das ist sonst nicht realistisch. Danke. Kostenübernahme für extra Bearbeitung ist hiermit bestätigt." Ich schaute auf das ausgewählte Gruppenbild. Riesig war Timo. Viel größer als alle anderen. Viel größer als Andreas sowieso. Jetzt wollte er also herausragen. Anwachsen auf die Größe des Turms, von dem er in Salem das Springen ohne Angst gelernt hatte.

Geld schläft nicht

Niemand machte mir auf, als ich klingelte, also drückte ich mich durch die anderen Firmen, bis endlich jemand den Buzzer betätigte und ich erfolgreich die schwere Stahltür öffnen konnte. Vor mir das Treppenhaus. Neben mir ein alter haselnussbrauner Paternoster. Ich stieg in den Fahrstuhl und fuhr in den dritten Stock, sprang rechtzeitig raus und sah schon von Weitem eine geöffnete Tür. Man konnte direkt ins Office blicken. Menschen rannten mit Stapeln weißer Blätter von einer Seite des Raumes auf die andere. Menschen unterhielten sich. Menschen tranken aus beschrifteten Kaffeetassen. Menschen tippten im Gehen wild auf ihren geöffneten Laptops herum. Das war sie, die Start-up-Welt. Ich kam frisch von der Uni und hatte im fünften Semester ein Pflichtpraktikum in Köln absolviert. Ich stammte aus Leipzig, hatte in Dresden BWL studiert und war einfach nur froh über die Chance, als Head of Sales in dem Coworking-Unternehmen anheuern zu können. Das Start-up hatte es sich – laut Selbstbeschreibung – zur Aufgabe gemacht „WeWork den Garaus zu machen". Der Gründer war vor vier Wochen in die Mensa der TU Dresden gekommen, hatte mit einem Kochlöffel auf einen Topf geschlagen, bis alle verstummten, und erklärt, dass derjenige, der sich für den besten Head of Sales hielte und es schaffte, seine – des Gründers – E-Mail-Adresse ausfindig zu machen, um die erste Nachricht zu verschicken, den Job bekäme. Stichwort sei „The German WeWork and go". Dann war er verschwunden. Ich war es gewesen, die es am Ende geschafft hatte, meine Vita und den Coverletter als Erste an diesen irren Typen rauszuballern. Wahrscheinlich hatte er nicht damit gerechnet, dass eine Frau BWL studiert und auch nicht, dass sie schneller wäre als ihre männlichen Kommilitonen. Vielleicht war ich aber auch gar nicht die erste E-Mail gewesen. Vielleicht war ich die fünfte oder sogar zwanzigste. Wer weiß das schon? Vielleicht waren es vielmehr meine ultralangen, blonden Haare gewesen. Vielleicht die grünen Augen. Vielleicht mein dominantes Lächeln. Aber war das nicht sowieso völlig schnuppe (wie meine Eltern aus Leiptzsch sagen würden)? Ich hatte den Job und fertig aus. Gründe hin oder her.

Meine Bachelor-Arbeit würde ich jetzt an den Wochenenden schreiben müssen. Auch das würde zu schaffen sein. Hauptsache raus aus dem Scheißosten mit den Scheißossis und den Scheißchancen, die einen nicht weiter als bis zum Tellerrand der deutschen Grenze führen. Meine Eltern hatten es nie aus Leipzig rausgeschafft. Mein Vater Staplerfahrer, meine Mutter Kindergärtnerin. Mehr Arbeiterklasse geht nicht. Geballte Faust nach oben. Scheißsozialismus. Ich wollte in zehn Jahren in San Francisco mein eigenes Start-up leiten. Das war der Plan. Money machen. Richtig viel Money und dann nie wieder zurück nach Deutschland müssen. So weit so gut.

Ich betrat mit meinem Laptop unterm Arm das Büro. Keiner reagierte auf mich. Es gab keinen Empfang, keine Rezeption. Nur umherwuselnde Leute, die anzusprechen ich mich nicht traute. Ich fragte mich: kommt man mit so einer peinlichen Attitude ins Silicon Valley, Toni? Und meine innere Stimme antwortete: Nein! Also überwand ich meine Angst, berührte den Arm eines an mir vorbeirennenden Mitarbeiters und sagte: „Entschuldige, heute ist mein erster Arbeitstag als Head of Sales, weißt du, wo Fridolin von Waldstetten ist?", und ohne anzuhalten, schaute er auf seine Armbanduhr und rief mir hinterher „Bleib genau da stehen. Fridolin kommt in 10, 9, 8, 7, 6, 5, 4, 3, 2, 1…" Dann ging mit einem Mal die gesamte Beleuchtung im Office aus und nur ein Spotlight war auf die Eingangstür gerichtet. Aus den Boxen ertönte Katy Perrys „Roar", genau der Song, den einst Adam Neumann, der WeWork-Gründer, jeden

Morgen beim Betreten seines Büros hatte spielen lassen. Katy sang voller Inbrunst:

I used to bite my tongue and hold my breath
Scared to rock the boat and make a mess
So I sat quietly, agreed politely

I guess that I forgot I had a choice
I let you push me past the breaking point
I stood for nothing, so I fell for everything

You held me down, but I got up (hey)
Already brushing off the dust
You hear my voice, you hear that sound
Like thunder, gonna shake the ground
You held me down, but I got up (hey)
Get ready 'cause I've had enough
I see it all, I see it now

Im Hintergrund sang Katy fröhlich weiter. Im Vordergrund lief Fridolin singend durch die Tür – die Arme nach oben gestreckt, wie ein Boxer, der sich an den Massen vorbei in den Ring begibt. Dann setzte der Refrain ein:

I got the eye of the tiger, a fighter

Dancing through the fire

'Cause I am a champion, and you're gonna hear me roar

Louder, louder than a lion

'Cause I am a champion, and you're gonna hear me roar

Und immer wenn Katy Perry „Louder" sang, schrie Fridolin „Lauter" und alle Mitarbeiter mussten wie ein Löwe „Roar" machen. Es war eine

Szene, wie sie möglicherweise innerhalb der letzten 20 Jahre in unterschiedlichen Unternehmen immer wieder stattgefunden hatte, aber für mich war das schon maximal beeindruckend und minimal beunruhigend. Fridolin war 1,58 Meter. Nicht größer. Wirklich keinen Zentimeter größer. Das wusste ich deshalb, weil ich selbst 1,76 Meter war, obwohl ich den kleinsten Vater der Welt hatte und diesen schon mit 13 Jahren überragte. An dieser Stelle wird keine ausschweifende Analyse zu kleinen Männern folgen. Davon gibt es längst genug. Man muss nur das Internet aufmachen.

Fridolin marschierte durch den mit seinen Mitarbeitern gefüllten Raum direkt in sein Büro, das am Ende des Office lag, ging hinein und mit dem Schließen seiner Tür endete auch der Song. Hardcore synchronisiert. Das musste man ihm lassen.

Auch nach diesem Auftritt kümmerte sich niemand um mich. Eine Praktikantin brachte mich zu dem einzigen Platz, der noch frei war, erklärte mir, dass jeder seinen eigenen Laptop zu benutzen hatte und die IT erst morgen reinkäme, schließlich seien sie wegen der gestrigen Weihnachtsfeier noch ordentlich lädiert. „Und die IT", ergänzte sie „sind hier die Könige. Die dürfen alles." Ich klappte meinen Rechner auf, ging auf die Website von ARKU (was für Arbeitskultur stand und als offensichtlich deutschester Name aller Zeiten für ein Start-up in die Geschichtsbücher eingehen würde) und scrollte ein bisschen hoch und runter. Neben mir frästen Handwerker gerade Rechtecke aus den Abtrennwänden und bauten nacheinander Fenster ein, damit auch die hinterste Ecke des extrem dunklen Großraumbüros irgendwie Licht von der einzigen Fensterfront bekam, die dieser Raum zu bieten hatte. Aber selbst die, die am Fenster saßen, blickten nicht auf eine Grünanlage, sondern auf eine beigefarbene Häuserwand. Radikal einfach.

Stunden vergingen, ohne dass sich irgendjemand meiner annahm. Als ich mich auf den Weg in die Kaffeeküche machte, kam mir Fridolin entgegen und sagte nur „Toni, oder lieber Antonia?"

„Toni."

„Schön, dass du da bist. Ready für Philadelphia morgen?"

„Was?"

„Na, du fliegst morgen Abend nach Philadelphia, closed fünf Deals und fliegst direkt am selben Tag wieder zurück."

„Aber ich bin nicht gebrieft, habe kein Esta und nichts."

„Du kannst auch gerne deinen Laptop in die Tasche packen und dann rufe ich den Dude an, der wirklich die erste Mail geschrieben hat. Glaubst du, der schafft es morgen nach Philadelphia?"

„Ich schaffe es auch morgen nach Philadelphia, aber um fünf Deals zu closen, bräuchte ich Informationen."

„Na bitte, geht doch!"

Und kurz darauf verschwand Fridolin wieder und ward nicht mehr gesehen. Ich machte online mein Visum für die USA fertig und trieb eine Praktikantin auf, die sich um das Office-Management kümmerte. Auch sie hatte noch nichts von Philadelphia gehört, war aber weniger verwundert als ich, sondern buchte mir brav einen Hin- und Rückflug für denselben Tag. Mein Jammern über diese irre Route und den Tagesplan ignorierte sie gekonnt und erklärte, dass man auf Fridolin warten müsse und niemals an seine Tür klopfen dürfe. Er erwarte Selbstverantwortung und Eigenengagement. Anders, so hatte er es auch wieder bei seiner Ansprache während der Weihnachtsfeier erzählt, würde man es nirgendwohin schaffen. Wer will, der kann und wer denkt, er kann nicht, wolle in Wirklichkeit auch nicht. Das sei der Leitspruch, der hier im Unternehmen ungeschriebenes Gesetz war. Also wartete ich bis 23:30 Uhr. Ein Drittel der Belegschaft war nach Hause gegangen. Vermutlich hatten die keine acht Wochen mehr bis zur Kündigung. Der Rest ackerte vor ihren Rechnern und sah müde aus. Auch ich war müde, ab und zu fielen mir die Augen zu, während ich halb anwesend halb abwesend den Immobilienmarkt von Philadelphia recherchierte. Um 23:46 Uhr kam Fridolin an meinen Tisch, drückte mir einen Zettel mit Adressen, Namen, Telefonnummern und Zeiten in die Hand und sagte, „Vier von den fünf musst du nach Hause holen, sonst brauchst du Freitag gar nicht mehr ins Büro kommen".

Aber wider aller realistischen Prognosen holte ich sogar alle fünf nach Hause, was mich in Fridolins Augen zur besten Head of Sales machte, die er je hatte, und als ich mich weigerte, über Weihnachten nach Hause nach Leipzig zu fahren, sondern Fridolin erklärte, dass ich lieber die freien Tage im Büro bliebe, um ordentlich Business zu machen, lächelte er tief aus seinem Bauch heraus, was ihn direkt weniger wie ein Arschloch, sondern mehr wie einen kleinen Jungen aussehen ließ. Er klopfte mir auf die Schulter und sagte „Geld schläft nicht" und ich antwortete „Geld schläft nicht" zurück. Drei Jahre zog ich durch, bis ich mir das One-Way-Ticket nach San Francisco buchte. Business Class, versteht sich.

LEISURE TIME

Die Ukraine-Mission

Der Minibus war bis an die Decke gefüllt. Kein Millimeter Platz war übriggeblieben. Nahrung, Medikamente, Windeln, Decken. Alles, was man glaubt zu brauchen, wenn das Leben über einen hereinbricht. Wenn die Welt plötzlich von einem Tag auf den anderen eine ist, die man nicht mehr wiedererkennt. Weil irgendwelche Diktatoren entschieden haben, unabhängig von den Gesetzen der Menschlichkeit, ihre Vorstellungen durchzusetzen. So war das am 24. Februar 2022. Und nur einen Monat später saßen wir in eben diesem Bus, der nicht nur all die erworbenen Güter zu denen bringen sollte, die sie dringend nötig hatten, sondern mit jenen zurückkehren würde, die an diesem Ort der Verwüstung nicht länger bleiben konnten. Wir, das waren Thomas und ich. Wir, das waren auch Katharina, Ella, Jürgen, Simon, Tara und Yasin. Aufgeteilt auf insgesamt vier Busse. Je zwei Fahrer. Um uns abzuwechseln bei den hunderten Kilometern, die vor uns lagen, jedoch auch um füreinander da zu sein. Wissend darum, dass man dieses Unterfangen ohne Seelenpartner kaum stemmen können würde. Was wussten wir schon vom Krieg? Was wussten wir schon von Flucht? Kaum etwas. Ein bisschen aus den Geschichtsbüchern. Ein bisschen aus dem Fernsehen. Jetzt war er ganz nah. Direkt vor unserer Tür. Und deswegen stand von Anfang an fest, dass wir geschlossen als

Unternehmen alles tun würden, was in unserer Macht stünde. Um zu helfen, um da zu sein, um zu unterstützen.

Der Himmel war eisig blau. Der Wind ließ den Minibus auf der Autobahn beängstigend von rechts nach links schaukeln. Die anderen waren Richtung Nordosten gefahren und wir mussten runter in den Süden, denn da lag das Flüchtlingscamp, zu dem wir alles bringen sollten – ach, was sage ich denn: wollten! Das war hier schließlich kein Pflichtprogramm, sondern eine Entscheidung. Eine freie Entscheidung, füreinander da zu sein, egal unter welchen Umständen.

Ein bisschen wie vor dem Traualtar. In guten und in schlechten Zeiten eben. Menschsein. Europa-Sein.

Stundenlang fuhren wir durch Mitteldeutschland und dann durch Polen. Die anderen hatten sich auf den Weg nach Warschau gemacht. Wir würden irgendwann nachts die Grenze zur Ukraine erreichen. Im südlichen Teil des Landes. Musik dröhnte aus den Boxen. Wir ließen die Radiosender, die man empfangen konnte, unaufgeregt ihr Ding machen. Wenn man immer nur geradeaus fährt, über Stunden hinweg, dann wird einem irgendwann sowieso egal, wem man da zuhört. Hauptsache, man kann jemandem zu hören. Einander, oder eben auch der Musik, die sich irgendwo in den Achtzigerjahren eingependelt hatte. Das hilft. Das verbindet. Die Texte kannten wir beide und sangen erst leise und irgendwann dann auch lauter mit. Der Moment, wenn man beginnt, zu vertrauen und die erste Schüchternheit besiegt ist.

Ich kannte Thomas. Natürlich. Schließlich arbeiteten wir seit drei Jahren gemeinsam für Fimbo. Ein Finanz-Start-up mit Sitz in Hamburg. Wo sonst. Er saß in der IT und machte den ganzen Tag Dinge, die außer anderen ITlern niemand verstand. Ich saß in der Human-Resources-Abteilung und kümmerte mich täglich darum, dass wir nur die fähigsten Leute engagierten. Bestimmt hätte niemand von diesem geldgetriebenen Unternehmen erwartet, dass wir ruckzuck diese Aktion starten würden, und erfahren sollte davon auch niemand etwas. Hier ging es nicht um irgendeine Washing-Aktion. Kein green, pink oder whatever Washing. Keine Pressemitteilung wurde rausgeschickt. Kein Foto-Team war an Bord für die „geile" Youtube-Doku, die sich die Kommunikationsdirektorin ausgedacht hatte. Nichts davon. Reine Nächstenliebe.

Um neun Uhr waren wir losgefahren. Zwölf Stunden sollte die Fahrt eigentlich dauern, aber die Stopps, Staus und unerwartete Schwierigkeiten führten dazu, dass wir erst kurz vor Mitternacht im Flüchtlingslager in Medyka ankamen.

Kurzfristig aufgebaute Flüchtlingszelte. Feldbetten. Weinende Kinder. Verzweifelte Väter. Organisierende Mütter. Menschen, die freiwillig ihre Kraft investierten, um zu helfen. Die nicht bezahlt wurden, für das, was sie taten, sondern ihre Freizeit opferten.

Die Anzahl der Zelte war kaum zu überblicken. Es war längst stockdunkel. Die meisten machten sich für die Nachtruhe fertig. Wir luden mit den Helfern alles aus dem Wagen. Nahrung, Medikamente, Windeln, Decken. Unser Bus leerte sich. Das Zelt mit den Hilfsgütern füllte sich. Ein gutes Gefühl, das Richtige zu tun. Einen Beitrag zu leisten. Dann gab man uns noch eine Schale mit Piroggen. Diese polnischen Teigtaschen, gefüllt mit Kartoffeln und Quark. Das letzte, was unser Magen gesehen hatte, war irgendein Hotdog von einer deutschen Raststätte. Die Mahlzeit war gut, stärkte uns, machte jedoch auch müde. Wir wussten, wir würden es nicht mehr nach Warschau zu den anderen schaffen. Wir wussten, wir müssten so schnell wie möglich ins Bett, um uns für den anstrengenden Teil der Reise ausruhen zu können. Der Teil, an dem Menschen auf der Flucht in unserem Bus Frieden finden könnten, der ihnen in ihrem Zuhause nun verwehrt wurde.

Das Hotel in Warschau würden wir nicht mehr erreichen. Im Camp konnten wir nicht unterkommen. Also buchte uns ein Kollege, der in Hamburg geblieben war, um alles von dort aus zu koordinieren, eine Unterkunft. Eine Stunde war sie entfernt. Wir verabschiedeten uns herzlich, schlossen die Türen des leergeräumten Transporters, schmissen das Radio an, das mittlerweile irgendein polnischer Sender eingenommen hatte, gaben die Adresse ins Navi ein und machten uns auf den Weg. Dieser Weg führte uns auf keine Autobahn, auf der wir mit 180 Stundenkilometern unserem Ziel hätten näherkommen können, sondern entlang verwilderter Landstraßen, die nicht einmal beleuchtet waren. Wir schlichen mit 40 den Asphalt entlang, starrten in Rehaugen, die uns verängstigt anschauten und versuchten, uns darauf zu konzentrieren, keinen Unfall zu verursachen. Immer wieder gerieten wir in Gegenden, in denen der Empfang ausfiel. Das Navi konnte keine

Informationen abrufen und wir mussten unserer Intuition vertrauen. Bis wir endlich, nach einer gefühlten Ewigkeit an ein gusseisernes Tor kamen. Wir machten die Nebelscheinwerfer an, um besser zu sehen. Vom Tor ausgehend grenzte eine hohe, graue Mauer das Gelände ein. Das Tor öffnete sich wie von selbst. Wir mussten fünf Minuten fahren, bis sich vor uns ein riesiges Gebäude aufbäumte, das weniger wie ein Hotel wirkte, sondern mehr wie eine Psychiatrie aus dem 19. Jahrhundert. Aus der geteerten Auffahrt wurde Kies. Unter unseren Rädern dieser unnachahmliche Sound. Knack, knack. Ein Herr in schicker Uniform stand auf den Treppenstufen und wies uns mit fuchtelnden Armen einen Parkplatz zu. Dort bitte, nicht hier. Da drüben. Sie sehen schon. Zwischen den anderen parkenden Autos. Okay, wird erledigt. Wir haben verstanden.

Wir parkten den Transporter, nahmen unsere Weekender heraus und ließen uns von dem Portier die Treppen hochführen. Eine schwarze Katze begleitete ihn. Eulen riefen hysterisch aus dem Wald. Aus nur wenigen Fenstern drang Licht. Das Hotel schien menschenleer. Dabei war es Donnerstag, 2:00 Uhr. Der richtige Zeitpunkt, um ein verlängertes Wochenende irgendwo in den Wäldern von Polen zu beginnen. An der Rezeption händigte man uns die Zimmerschlüssel aus. Richtige Schlüssel. Keine Schlüsselkarten. Goldene schwere Schlüssel, die im oberen Stockwerk die Türen zu einem im Barockstil eingerichtetem Zimmer öffneten. Thomas und ich waren todmüde. Verabschiedeten uns vor den Türen im Flur und verabredeten uns zum Frühstück am nächsten Morgen um acht Uhr. Schließlich wollten wir uns alle um elf an der ukrainischen Grenze im Auffanglager treffen.

Ich duschte schnell, ließ mich ins weiche Bett fallen, zog die schwere, knisternde Decke über meinen Körper und schlief auf der Stelle ein.

Der nächste Morgen dann. Da war er. Nach dem Frühstück machten wir direkt los. Keine Zeit zu verlieren. Vor uns lag die Aufgabe, um die es von Anfang an gegangen war. Wieder rein in den Transporter. Radio an. Rauf auf die Landstraße, bis aus der Landstraße endlich eine Autobahn wurde und dann mit vollem Tempo zu den anderen, die sich bereits von Warschau aus auf den Weg gemacht hatten. Im Auffanglager, so wurde uns berichtet, warteten hunderte Menschen darauf, Richtung Deutschland mitgenommen zu werden. Manchen gingen es nur um eine Durchreise. Sie wollten weiter nach Amerika oder Spanien, Frankreich oder England. Manche wollten zu Verwandten, die bereits in deutschen Städten wohnten und manche hatten ihre Wohnungen oder Häuser in der Ukraine ohne Ziel zurückgelassen. Platz für 24 Menschen gab es in unseren Transportern. 24 Leben mit eigenen Geschichten und Schicksalen.

An der Grenze ging nun alles ganz schnell. In unseren Bus stiegen eine Mutter mit drei Kindern – ein Junge und zwei Mädchen –, die Schwester der Frau, ihre Mutter und die Mutter ihres Mannes. Männer sah man im Lager kaum. Sie waren bereits zur Front gerufen, durften die Ukraine nicht mehr verlassen. Der Junge hatte seine Eidechse dabei. Sie hieß Kroshka, „Krümel". Sie saß in einem Plastikkorb. Neben ihr lag eine tote Heuschrecke. Proviant für die Fahrt ins neue Land, in die Freiheit, in den Frieden. Vorerst zumindest. Es war nicht einfach, die Menschen mit ihren wenigen Taschen und Koffern und der Angst und Unsicherheit in den Augen zu erleben. Es war nicht einfach. Das Bewusstsein, dass sie ins Ungewisse fuhren und wir in unsere warmen Wohnungen zurückkehren würden. Es war allerdings gut zu wissen, dass sie dankbar für alles waren. Für unsere Anreise, dieses Auto und die Chance, von der Grenze wegzukommen. „Unsere Flüchtlinge" hatten eine Adresse bei sich. Sie stand auf einem dreckigen Zettel. Eine Straße im Elbetal, nicht weit von Hamburg entfernt. Der Cousin ihres Mannes lebte dort, sie würden in seinem Reihenhaus unterkommen können. Solange, bis alles vorbei sein würde. Solange, bis die Ukraine wieder befreit wäre.

Die WhatsApp-Gruppe

Cem gießt sich Kaffee ein. Eine Taube landet auf seinem Fensterbrett. Noch ist es dunkel. Berliner Winter eben. Sein Telefon blinkt auf, eine WhatsApp-Nachricht trifft ein. Er öffnet die App. In der Gruppe „Mean Bitches live longer" erscheint der Name seiner Kollegin:

Tanja: Leute, tippt mal drauf, wer sich hier gerade krank gemeldet hat bei mir.

Johann: Wir sind 53 Leute im Unternehmen, Tanjabambanja.

Cem: Jetzt mach' es nicht so spannend!

Silvia: Wir sind neun Leute in der Gruppe, was bedeutet, dass es schonmal nur noch 44 andere sein können.

Silvia trocknet sich die Haare mit einem weißen flauschigen Handtuch und starrt aufs Handy. Sie fühlt sich gut damit, dass sie ihre mathematischen Fähigkeiten beweisen konnte. Immer wird sie unterschätzt als Frau. Seit sie denken kann. Dabei hat sie jede Mathematikolympiade in der Schule gewonnen.

Sepp: Silvia du hast einfach den richtigen Job. Head of Accounting forever.

Aus Sepps Mund strömt Nebel. Es ist eiskalt. Aber, dass er seine morgendliche Jogging-Session skippen würde? Keine Chance! Auf dem Rasen des Monbijou-Parks liegt ein leichter Schneeteppich. Er macht mithilfe von Siri einen neuen Chat auf und gibt die Nachrichten per Diktierfunktion ein:

Sepp: Fucking Silvia. Wie hart kann man abnerven?

Cem: Silvia muss mal ordentlich durchgenommen werden, die kleine Mathe-Streberin.

Derweil trinkt Cem seinen Kaffee am Fenster. Die Taube fliegt nicht weg. Er schreibt erneut in den Gruppen-Chat:

Cem: Tanjaaaaa. Wir warten auf die großen News!

Tanja: Jetzt ratet doch mal ein bisschen, ihr Langweiler.

Sepp steht an der Ampel und trippelt vor sich hin. Noch 100 Meter bis zu seiner Wohnung. Schnell eine weitere Nachricht an Cem in den Chat per Siri diktieren:

Cem: Tanja aber auch.

Sepp: Ja, Tanja auch.

Silvia kämmt sich die Haare und schickt Tanja eine private Nachricht:

Silvia: Gib mal Tipp, Girl, dann schießen wir Cem und Sepp, dem Volltrottel, ins Bein.

Tanja: Sepp. Wer nennt sein Kind Sepp, ohne zu wollen, dass die gesamte Welt denkt, er sei ein Vollidiot.

Silvia: Niemand!

Tanja: Niemand!

Silvia: Wer ist nun krank? Ich sag's auch nicht sofort, sondern erst nach meinem zweiten oder dritten Versuch.

Tanja: Zwei Leute.

Silvia: Und welche zwei Leute?

Tanja: Na, rate mal!

Silvia verlässt das Bad und knetet sich Haarcreme in ihre Locken. Ihr Telefon hat sie in den Bund ihrer Leggins geklemmt. Es vibriert. Eine neue Nachricht aus einem anderen Chat ist eingetroffen:

Sepp: Heute Abend steht?

Tanja: 20 Uhr? Ich bin vorher beim Yoga.

Sepp: Ich bring Rotwein mit.

Tanja: Aber ich schwör dir, wenn das irgendeiner erfährt, dann bring ich dich um.

Sepp: Compliance-Issues gar nicht mein Ding, Tanja.

Tanja: Ist mir schon klar.

Sepp: So und jetzt rück mal mit der Sprache raus, sonst bring ich dich heute Abend nicht wieder so gut zum Kommen wie letztes Mal.

Tanja: Rat doch mal!

Cem macht sich eine Zigarette an. In fünf Minuten muss er los. Die nutzt er jetzt und ballert fröhlich Nachrichten in „Mean Bitches live longer":

Cem: Tanja, du Nuss. Welche Abteilung?

Tanja: Bitte?

Sepp: Ey Cem.

Ralf: Was is hier eigentlich los am frühen Morgen. Habt ihr kein Leben, oder was?

Manuela: Bin gerade in der U-Bahn. Was für ein Ratespiel ist das?

Silvia: Wer sich krankgemeldet hat.

Manuela: Verstehe nicht, was daran spannend sein soll.

Tanja: Es sind zwei Leute!!!!!!

Silvia: … gleichzeitig.

Tanja: Gleichzeitig!

Richard: Wie zwei Leute? Sieht das nach einem Compliance-Fall aus, Tanja? Dann muss ich das sofort wissen. Keine intimen Beziehungen am Arbeitsplatz. Das kommt direkt aus dem Headquarter in New York.

Manuela: Ich weiß es. Ich weiß es.

Cem: Rück raus, Manu.

Richard: Das ist hier nichts für den Gruppen-Chat. @Tanja, bitte direkt an mich per Mail. Das muss ich sofort klären. Wenn sich herausstellt, wir haben hier einen Fall, dann hat das schwerwiegende Konsequenzen. Wir befinden uns aktuell sowieso in einer komplizierten Phase. Übernahme und so weiter. Ich muss es nicht erklären.

Tanja sitzt im Auto und ruft Sepp an, aber der geht nicht ans Telefon also schreibt sie ihm in den privaten Chat:

Tanja: Lass heute Abend canceln. Kein Bock auf Stress.

Sepp: Kann nicht rangehen. Sei nicht so ängstlich. Wir dürfen uns morgen nur nicht krankmelden gemeinsam.

Tanja: Funny.

Sepp: Du magst ja meinen Humor. Deswegen gehst du so gerne auf die Knie vor mir.

Tanja: Du spinnst doch.

Tanja macht den Motor an. Ein Anruf von Richard, dem Managing Director, trifft ein. Tanja geht nicht ran. Sondern schickt Feride eine WhatsApp-Nachricht:

Tanja: Richard hat Wind bekommen.

Feride: Wovon?

Tanja: Wovon wohl?

Feride: Ich weiß nicht, wovon du sprichst.

Tanja: Mann, Du und dingens.

Feride: Wer?

Tanja: Ey, Feride. Ihr habt euch heute beide krankgemeldet.

Feride liegt in ihrem Bett. Neben ihr Taschentücher, Tabletten und eine Kanne Tee. Feride tippt panisch eine Nachricht ins Telefon:

Feride: Maus, sie haben uns erwischt.

Cem: Was?

Feride: Tanja und Richard. Sie wissen von uns.

Cem: Wer sagt das?

Feride: Tanja!

Cem: Nee, die glauben es ist wer anders. Da haben zwei sich krankgemeldet. Zusammen.

Feride: Ich hab mich krank gemeldet.

Cem: Du?

Feride: Ich hab dir gestern Abend noch gesagt, dass es mir nicht gut geht.

Cem: Stimmt. Aber ich wusste nicht, dass du dich krank gemeldet hast.

Cem schließt die Tür hinter sich zu, rennt die Treppen runter und tippt parallel:

Cem: Tippe auf Feride

Tanja: Ten Points für Cem.

Richard: Hört bitte sofort auf. Wenn das geleakt wird?!

Sepp: Aber, wer würde die Feride?

Cem: Niemand!

Sepp: Niemand!

Manuela: Feride macht sowas nicht.

Cem: Genau. Das ist Zufall.

Silvia: Wer ist denn jetzt der andere?

Tanja: Ratet doch mal!

OFFSITES

Cookies beim Offsite

Er griff in die Tüte aus Klarsichtfolie, schnappte sich einen weiteren Keks und knabberte genüsslich an ihm rum, als das Taxi gerade zur Hoteleinfahrt einbog. Der Comer See blitzte an der Seite hervor. Er war eine Oase der Ruhe, die seit Jahrhunderten die Sehnsüchte von Dichtern und Reisenden aus aller Welt weckte. Das Hotel Il Sereno, in dem das Offsite stattfinden sollte, war ein Juwel, eingebettet in eine malerische Kulisse aus kristallklarem Wasser, grünen Hügeln und alten Villen, die einst von Adligen bewohnt wurden. Die Luft roch nach frischem Lavendel und Zitronenblüten, die sanft von den Brisen des Sees getragen wurden. Das Hotel Il Sereno am Comer See wurde von der preisgekrönten Architektin und Designerin Patricia Urquiola entworfen und im Jahr 2016 eröffnet. Es wurde als modernes, luxuriöses Resort konzipiert, das sich harmonisch in die umliegende Landschaft einfügte. Klare Linien, natürliche Materialien und sanfte Farben. So sah es aus. Wenige Barrieren zwischen Innen- und Außenbereichen, sodass die Gäste die atemberaubende Schönheit des Sees und der umliegenden Berge jederzeit genießen können.

Ein Rechteck aus Holz und Glas. Das war das Hotel.

Thomas stieg aus dem Taxi, nahm seinen Koffer vom Fahrer entgegen, übergab ihm ein großzügiges Trinkgeld und stolzierte in die Empfangshalle. Die meisten Zimmer und Suiten hatten raumhohe Fenster, die einen spektakulären Blick auf den See und die Landschaft boten. Genauso hatte er es sich vorgestellt, als er seiner Assistentin Veronika verdeutlicht hatte, dass dieses Offsite kein deutsches Offsite werden sollte. Kein Trip in irgendein Wellness-Hotel nach Brandenburg oder Bayern. Keine zwei Tage träge Meetings, auf die sowieso niemand Lust hatte. Kein Hingeschleppe zum gemeinsamen Frühstück und Lunch und Dinner und dazwischen Powerpoints und Excel-Tabellen. Es ging schließlich um die Zukunft seines Unternehmens. Des größten Fashion-Unternehmens, das Deutschland in den letzten 15 Jahren aus dem Boden gestampft hatte. Nix Start-up, nix Scale-up. Thomas war mit seinem Mitgründer Hendrik längst angekommen. Ganz oben angekommen. 15 Milliarden Umsatz pro Jahr. Das sollte ihnen mal einer nachmachen. Viele hatten es versucht, doch alle waren gescheitert. Auf ganzer Linie. Immer, wenn Thomas daran dachte, wurde ihm ganz warm im Bauch und in der Brust.

Er stand an der Rezeption und checkte ein. Senior Suite. Was sonst. Der Mitarbeiter des Hotels gab ihm seine schwarz-goldene Schlüsselkarte und auch hier bedankte sich Thomas wieder mit einem großzügigen Trinkgeld. Das tat er am laufenden Band. Dafür hatte er immer eine Klammer mit losen 20- und 50-Euro-Scheinen in seiner Hosentasche. Stil. Anmut. Großzügigkeit. Nicht Deutschland. Nicht Osnabrück. Keine verdammte Piefigkeit. 15 Milliarden Euro Jahresumsatz. So sieht's aus, ihr Bitches, dachte er zu sich selbst, und zog seinen Trolley zum Fahrstuhl. Thomas fuhr in den fünften Stock und ließ nicht mit sich geizen, griff erneut in die kleine Tüte und schob sich den vierten Keks des Tages in den Mund. Noch merkte er nichts. Dabei hatte er seiner Haushälterin eindeutig erklärt, dass sie das Haschisch erst in der Butter auflösen müsse, dann die Butter sieben, um diese anschließend zur Teigmasse zu geben. THC löste sich nur in Fett vernünftig auf. Anfänger zerbröselten lediglich das Gras in den Teig und dachten ernsthaft, daraus ein ordentliches Spaßprogramm für den Kopf zaubern zu können. Idioten. Loser. Abgehängte.

Aber Thomas war nicht abgehängt. Thomas hatte ein Fashion-Unternehmen aus dem Nichts aufgebaut. 15 Milliarden Euro

Jahresumsatz, ihr Bitches. Dabei hatte er nichts mitgebracht. Nicht einmal Eigenkapital. Dass sein Vater und seine Mutter Bauern waren, hatte er immer schön verschwiegen. Wenn man in Interviews nach seinem Background fragte, sagte er kurz und knapp „gehobene Mittelschicht", was de facto gelogen war. Und wenn man es wirklich wissen wollte, wenn man wirklich wirklich wissen wollte, woher Thomas kam, dann musste man sich nur seine schulische und universitäre Laufbahn anschauen und schon war alles klar. Aber darauf hatte anscheinend niemand Bock. Die Gründerstory aus gutem Hause war zu beliebt. Zu gewollt. Zu angenehm.

Er kam ins Zimmer. Die Inneneinrichtung eine gelungene Symbiose aus modernem Design und traditionellen Elementen. Edle Holzmöbel, handgefertigte Textilien und ein opulentes Badezimmer. Thomas stellte sich vors Bettende, kickte seine Schuhe von den Füßen und ließ sich mit ausgebreiteten Armen nach hinten fallen. Er wachte erst vom Klingeln und Klopfen an der Zimmertür wieder auf. Wieviel Zeit war vergangen? Wieso war die Decke rosa? Warum der See grün? Sein Mageninhalt drückte sich nach oben. Also rollte er sich vorsichtig aus dem Bett, krabbelte auf allen Vieren zur Tür, zog sich an der Türlinke hoch und schaffte es gerade so, diese nach unten zu ziehen. Veronika stand vor ihm. Ein entsetzter Blick. Dabei war sie doch nackt, nicht er, dachte Thomas. Ups.

„Warum hast du nichts an?", fragte der Gründer des Unternehmens, das 15 Milliarden Euro Jahresumsatz machte, und Veronika schob sich, am auf allen Vieren hockenden Thomas, vorbei ins Zimmer.

„Dein Vortrag beginnt in einer Stunde."

„Wieso bist du nackt?"

„Wieso bist du breit?"

„Ich bin nicht breit."

„Und ich bin nicht nackt."

Dann verpasste Veronika Thomas die Ansage seines Lebens, ließ eiskaltes Wasser in die Badewanne ein – sie war eine gute Assistentin – und zog ihm jedes einzelne Kleidungsstück aus, während Thomas Katzenlaute von sich gab. „Miau Miau", sagte Thomas als sich Veronika die beiden Socken vornahm und dann schnurrte er auch noch. Ihr Blick fiel auf seinen Penis. Ein schöner Penis. Groß und dick. Das Haar um ihn gestutzt, aber nicht rasiert. In wie vielen Frauen dieser Penis wohl schon drin gewesen war, fragte sie sich und schämte sich zugleich für diesen unprofessionellen Gedanken. Aber war hier irgendetwas professionell? War es professionell, ihren verballerten Chef auszuziehen und in eine kalte Badewanne stecken zu müssen? War es professionell, dass er in seinem Zustand totaler Umnachtung Veronika nackt vor sich sah? „Magst du meinen Penis?", fragte Thomas nun, als Vero an der letzten beigen Hermes-Socke zog.

Während Thomas im Eiswasser badete, bestellte Vero eine Kanne frisch gepressten Zitronensaft aufs Zimmer. Vitamin C, hatte sie gegoogelt, würde helfen, das THC schneller aus dem Körper ausscheiden zu lassen. Und als der Zimmerservice alles brachte, setzte sie sich neben Thomas an die Badewanne und gab ihm ein Glas nach dem anderen. In einer halben Stunde würde der Vortrag beginnen. Thomas' Augen schienen klarer. Sie konnte die Realität in ihnen entdecken. Statt zu halluzinieren, wurde er kuschelig und gesellig. So könne er den Vortrag locker hinter sich bringen. Was für ein Erfolg, dachte sie. Dafür wolle sie mindestens eine Gehaltserhöhung, wenn nicht sogar einen Bonus, den eigentlich nur die Führungsetage bekam. Sie zog den Stöpsel aus der Wanne, hielt Thomas ein weißes, flauschiges Handtuch hin und fragte: „Schaffst du den Vortrag oder soll ich sagen, du hast eine Lebensmittelvergiftung?", woraufhin er ihr einen Monolog über seine unfassbaren Fähigkeiten drückte, die ihn überhaupt erst hierher gebracht hatten. „Comer See, Vero! Il Sereno, Vero! Offsite für den gesamten Vorstand, Vero! 15-fucking-Milliarden Euro Jahresumsatz, Vero!". Danach war klar, dass er recht hatte. Dass er nach der Badewanne und dem Zitronensaft ernsthaft diesen Vortrag schaffen würde, und nicht nur das, auch noch den anschließenden Kochkurs, den sie hatte organisieren müssen und bei dem der Vorstand – wie es sich gehört – lernen sollte, eine ordentliche Trüffel-Pasta zuzubereiten. Kein deutsches Offsite. Kein Trip in irgendein Wellness-Hotel nach Brandenburg oder Bayern. Keine zwei Tage träge Meetings, auf die sowieso niemand Lust hatte. Kein Hingeschleppe zum gemeinsamen Frühstück und Lunch und Dinner und dazwischen Powerpoints und Excel-Tabellen.

Während sich Thomas im Bad eincremte, seine Haare kämmte, seine Zähne putzte und das eigens für ihn hergestellte Parfum auftrug, legte Vero seine Kleidung zurecht. Dann lugte sie kurz durch die Badezimmertür, informierte ihren Boss darüber, dass sie alles zurecht gelegt hatte, wollte wissen, ob er noch etwas brauche, was er verneinte, und verschwand mit den Worten „Bis gleich. Ich bin gespannt." Und das konnte man auch sein. Denn als Thomas den gefüllten Raum betrat – C-Level und Vice Presidents waren vor Ort und damit 18 an der Zahl – herrschte eine angenehme Aufregung. Er schritt an allen vorbei, schaute ihnen direkt in die Gesichter, lächelte manchen zu und warf anderen einen ernsten Blick entgegen, stieg dann die Treppen zur kleinen Bühne hoch, griff in seine Hosentasche, nahm die kleine durchsichtige Tüte heraus, schnappte sich einen Cookie und aß diesen genüsslich vor versammelter Mannschaft, ohne dass irgendjemand verstand, was gerade geschah. Niemand jedenfalls außer Vero, die entgeistert mit dem Kopf schüttelte. Und als Thomas sie sah, zwinkerte er ihr siegessicher zu und sie zwinkerte zurück. Thomas' Stimme war kräftig und überzeugend, seine Worte scharf und treffend. Er sprach von Visionen und Innovationen, von der Veränderung und Verbesserung der Welt durch die Arbeit des Unternehmens. Seine Worte waren nicht nur leerer Optimismus, sondern auch voller Wissen und Kompetenz. Er kannte jedes Detail der Branche und hatte sich in alle Aspekte der Geschäftstätigkeit vertieft. Er zeigte auf, wie das Unternehmen in der Zukunft führend sein würde und welche Schritte dafür notwendig seien. Jedes Auge im Raum war auf ihn gerichtet, jeder Zuhörer hing an seinen Lippen. Sie waren beeindruckt von seiner Leidenschaft. Davon, dass er schaffte, über eine halbe Stunde frei zu sprechen, ohne Zettel, ohne offensichtliche Vorbereitung. Er baute gekonnt die Umgebung am Comer See mit ein, die Umgebung des Raumes, die Kleidung der Vorstandsmitglieder und ihre Mimik und Gestik. Fünf Space Cookies, ein Eisbad und eine Kanne Zitronensaft später schaffte er das, was kein anderer trotz dieser drei Dinge geschafft hätte.

Kein Helikopter für den CEO

Keine zehn Minuten, nachdem der letzte Investor den Vertrag unterschrieben hatte, ballerte Florian eine WhatsApp-Message in den Gruppenchat des Vorstands. „Packt die Badehose ein!" stand drin. Der Großteil der Gruppenteilnehmer wusste nicht genau, wovon Florian sprach, aber war sich sicher, dass nun alles gut werden würde. Die letzten Wochen waren Adrenalin und Anspannung pur gewesen. An manchen Tagen hieß es, das war's mit *DigitalCash*, der sogenannten Bank für die digitale Zukunft, und an anderen Tagen machte Florian eine Magnum-Flasche Dom Pérignon auf. Sein erratisches Verhalten war seiner Position als Gründer und CEO geschuldet, behaupteten manche, und andere erklärten hinter seinem Rücken und verschlossenen Türen, dass Florian einfach nicht mehr alle Tassen im Schrank hatte. Was genau der Grund für diese Achterbahnfahrt war, muss an dieser Stelle gar nicht genau begründet werden. Vermutlich kann man sich auch nicht auf einen Aspekt begrenzen, sondern muss – neben seiner Position und seinem mentalen Zustand – seine Kindheit, seine Sozialisation und den Hormonhaushalt mitberücksichtigen. Florian einfach nur als Irren abzustempeln, würde ihm nicht gerecht werden, schließlich hatte er das in Deutschland fast Unmögliche geschafft: Nämlich binnen weniger Monate eine Banklizenz zu bekommen. Kurz nach 2008. Der Bankenkrise, die weltweit für die Destabilisierung der globalen Wirtschaft sorgte. Florian war ein Macher und ein Kenner und ein darüber hinaus absolut obsessiver Hundeliebhaber. Sechs Hunde besaß er, um genau zu sein. Um die kümmerte sich ein Team von Hundesittern, während er von sieben Uhr morgens bis Mitternacht im Büro saß. Als *DigitalCash* an den Start ging, waren es drei Hunde gewesen. Mit jeder erfolgreichen Finanzierungsrunde kam einer dazu. Es brauchte deswegen auch keine wilden Spekulationen, um zu wissen, was mit der Unterzeichnung der Verträge auf die Hundesitter zukommen würde. Die Frage war nur: Was für eine Rasse und vor allem, von woher? Denn Florian hatte ein Faible für Straßenhunde. Nein, nein, er selbst war kein Findelkind und auch nicht in einem Kinderheim großgeworden, im Gegenteil. Alle, die ihn kannten, konnten sich sein Verhalten psychologisch nicht erklären. Vielleicht war das auch gar nicht nötig. Manchmal reicht Akzeptanz.

Nach dem Eintreffen der WhatsApp-Nachricht spekulierte jedenfalls der gesamte Vorstand über Tage darüber, was mit „Packt die Badehose ein!" gemeint war. Nicht im Gruppenchat, sondern beim Lunch, beim One-on-One und in den privaten Chats.

Gregor zum Beispiel, der CTO, der sich zum Lunch mit Nilgün, der CCO, getroffen hatte, faselte etwas von passiv-aggressiv und davon, dass Florian lediglich zwei Sprüche verwechselt hatte und aus „Zieht euch warm an" aus Versehen „Packt die Badehose ein" gemacht hat. Denn wenn man etwas über Florian wusste, dann, dass er mit jeder neuen Investitionsrunde nicht nur einen neuen Hund besorgte, sondern das Team komplett neu strukturierte. „Köpfe werden rollen" flüsterte Gregor, aber Nilgün glaubte ihm kein Wort. Als er auf die Toilette ging, schrieb sie Silke, der Human-Resources-Leiterin: „Mach mal bitte Ansage. Wer muss gehen?", die keine 20 Sekunden später antwortete: „Niemand."

Florian bekam das Theater rund um seinen Spruch natürlich irgendwie mit. So wie man alles in einem Unternehmen mehr oder weniger mitbekommt. Ob es die leisen Gespräche am Kopierer waren oder die flüchtigen Blicke, die sich zugeworfen wurden: In so einem Office blieb nichts auf lange Sicht geheim. So ein Office, das war wie Klassenfahrt und Weihnachten bei den Eltern zusammen. Intrigant, nervig, voll falscher Versprechungen und der täglichen Chance auf einen totalen

Eklat. Das wusste jeder. Also entschied sich Florian, das Stimmengewirr, das nun seit drei Tagen die Stimmung vermieste, zu unterbinden, in dem er eine weitere WhatsApp-Nachricht in den Gruppenchat ballerte: „Das war genau so gemeint." Ja, okay Florian, dachten alle, aber Nilgün platze der Kragen und schrieb: „WAS war genau so gemeint? Was ist SO? Und was MEINST du?" Woraufhin Florian doch ernsthaft lapidar, „Na, dass wir Offsite übernächste Woche in Cinque Terre machen" antwortete.

Nun war Florians Liebe für die Cinque Terre kein Geheimnis. In seinem Büro hingen kleine Fotografien, die er irgendwann auf einem seiner Wochenend-Trips erstanden hatte, und wenn Florian bei einem der vielen Unternehmens-Dinner eine Flasche italienischen Rotweins zu viel getrunken hatte, lamentierte er über seine Begeisterung. Cinque Terre war für Florian zunächst nichts weiter als ein diffuser Begriff, ein geographischer Ort, der weit weg von seinem Alltag zu existieren schien. Doch schon bald fand er sich in einem Strudel von Farben, Gerüchen und Gefühlen wieder, die sich um ihn herum entfalteten und eine symphonische Komposition des Lebens darboten. Das azurblaue Meer, das sich wie ein gewaltiges Panorama am Horizont erstreckte, brach in sanften Wellen an den Klippen, die sich schroff und majestätisch dem Himmel entgegenstreckten. Die pastellfarbenen Häuser, die sich an den Hängen schmiegten, schienen aus einem Gemälde entsprungen zu sein, und die schmalen Gassen mit ihrem blühenden Ginster und dem Duft von Zitronen und wildem Rosmarin ließen Florian in einer unergründlichen Sehnsucht versinken. Doch eigentlich waren es die Menschen, denen Florian in Cinque Terre begegnete, die seiner Liebe zu diesem Ort den letzten Schliff verliehen. Sie schienen aus einer anderen Zeit zu stammen, in der Gastfreundschaft und Herzlichkeit noch Tugenden waren. In ihren Gesichtern las Florian die Geschichten von Generationen, die Cinque Terre als ihre Heimat betrachteten, und er spürte, wie sich seine eigene Geschichte auf wundersame Weise mit dieser verflocht.

Die Tage nach seiner WhatsApp-Ansage vergingen wie im Flug. Alles wurde ruckzuck organisiert. Eine Villa gemietet, Florians kleiner Ausflug unter „Freunden" ans restliche Team von *DigitalCash* als „Offsite" verkauft, obwohl das letzte Offsite gerademal einen Monat zurücklag. Er begründete seine Entscheidung mit der Finalisierung der

Investitionsrunde. Man müsse jetzt die Strategie an den neuen Gegebenheiten ausrichten, behauptete er, und der Vorstand stärkte seine Begründung, einfach deshalb, weil alle Bock auf fucking Urlaub hatten. Ist doch wohl klar. Glücklich packten also die acht Vorstandsmitglieder, wie von Florian gefordert, ihre Badehosen ein und stiegen in den EasyJet-Flieger Richtung Mailand. Das eingeschnappte Raunen und verunsicherte Stöhnen war nicht zu überhören, als sie sich in die orangefarbenen Sitze schmissen. Eine unangenehme Ahnung, dass sich nicht nur der Flug im Niedrigpreissegment befand, sondern sich das ganze Offsite irgendwo bei Hostel-Feelings einpendeln würde, war nicht zu ignorieren. Florians fehlende Anwesenheit machte die Sache nicht besser. Er entschuldigte sich mit der Behauptung, „der neue Hund würde direkt zur Abflugzeit geliefert und er müsse nachkommen". Aber, so beruhigte er alle: „Silke hat alles unter Kontrolle und ist gebrieft!"

Sekunden nach dem Eintreffen der Nachricht hatte Silke selbstverständlich keine freie Minute mehr und wurde nun ständig heimlich zur Seite gezogen, um von irgendjemanden ausgequetscht zu werden. Wo fahren wir genau hin? Wo wohnen wir? Wie kommen wir von Mailand nach Cinque Terre? Warum ist Florian nicht mit dabei? Und vor allem: handelt es sich wirklich um ein Offsite?

Die Gerüchteküche brodelte. Niemand hatte ein fertiges Programm als PDF erhalten, oder sonst irgendetwas. „Überraschung" war das Einzige, was Silke lächelnd antwortete, ohne damit irgendjemanden beruhigen zu können. Erst als es nach der Ankunft in Mailand hieß, man würde jetzt gesammelt in zwei Minibusse steigen, um zum Helikopter zu fahren, der alle nacheinander in die dreistöckige Villa bringen würde, atmete der Vorstand erleichtert auf und fühlte sich endlich so, wie sich ein Vorstand eines Finanz-Start-ups fühlen sollte: reich, wichtig und begehrenswert. Heli fliegen, das hatte – wenn wir ganz ehrlich sein wollen – noch niemand gemacht, auch wenn alle in den Heli stiegen, als sei das ihr Standardfortbewegungsmittel. Endlich das Life der Kardashians. Scheiß drauf, was der Rest der Mitarbeiter sagen würde, erführen sie vom Offsite-Luxus. Wer Macht hat, schämt sich nicht. Wer Macht hat, will die Macht lediglich erhalten. Und so landeten nacheinander acht Ottonormalverbraucher im Heli und schauten von nun an nur noch nach vorne und nicht mehr zurück. Das Gepäck wurde

Stunden später von einem Fahrer gebracht, und als am Abend, nachdem sich alle in ihren Zimmern breitgemacht hatten, das Abendessen vom Catering serviert wurde, fragte niemand mehr nach Florian. Wo Florian sei, war zweitrangig. Ob Florian jemals kommen würde, auch. Urlaub in der Cinque Terre, das war nun alles, was wirklich zählte.

Am nächsten Morgen erschien Nilgün sogar im Bikini zum Frühstück, und Rainer, der CPO, trug einen weißen, flauschigen Bademantel. Er hatte sein Haar zurückgegelt, als gehöre er einer völlig anderen sozialen Klasse an, als der, in die er hineingeboren war. Der eine bestellte fingerschnipsend frischen O-Saft, der andere las Zeitung, als sei es 1956, und Silke hatte sich einen blumigen Kaftan übergezogen, der vom Wind in alle möglichen Richtungen geweht wurde. Keiner redete übers Business. Alle sprachen von den Zitronen und den Orangen und dem Rosmarin, der sanft seinen Duft verströmte. Alles, wirklich alles, hätte genauso bleiben können, wie es gerade war. Für immer. Aber nichts ist für immer, und ehe sie sich versahen, stürmte Florian mit sieben Hunden aufs Gelände und schrie: „Zieht euch warm an! Vier Leute müssen bis heute Abend noch Koffer packen und das Unternehmen verlassen!

LAYOFFS

Layoff-Party

Am 1. März 2020 war mein erster Arbeitstag. Am 22. März 2020 trat der erste Lockdown in Kraft. Bestimmt erinnert sich jeder, der diese Zeilen liest, noch daran. Ich weiß auch, dass ich damals überlegte, in den letzten Flieger nach Griechenland zu steigen, in dem Bungalow-Resort eines Freundes zu wohnen und zu arbeiten. In Berlin saßen alle schon Anfang März – ein ausgesprochen kalter, aber dafür sonniger März – im Home-Office. In Paris durfte niemand mehr auf die Straße, außer man hatte einen Passierschein, um in den Supermarkt zu gehen. Eine komische Zeit. Eine komische Welt. Ein komisches Gefühl.

Einer der verwirrendsten Augenblicke, auf den wir alle irgendwann am Ende unseres Lebens zurückblicken werden, auch wenn jetzt kaum noch etwas daran erinnert. Ich jedenfalls habe die Covid-Pandemie und die dazugehörigen Ereignisse vollständig verdrängt. Vermutlich das Gesündeste, was man tun kann. Das Unternehmen, in dem ich anheuerte – wie das klingt, aber man fühlte sich eben wie auf einem Schiff – war ein amerikanisches Koffer-Start-up. Genau: Koffer! Coole Koffer. Moderne Koffer. Die besten Koffer ever einfach. Keine schöneren, robusteren Koffer als unsere gab es da draußen. Was sonst?

Rimova? Unwichtig!

Samsonite? Altbacken.

Up!? Das war der neueste Shit und alles andere nur noch zweite Wahl.

Es waren die letzten Wehen der großen Disruptions-Welle. Disrupting Matratzen. Disrupting Apotheken. Disrupting Käse. Produkte, die lange Zeit niemand angefasst hatte; Produkte, die eigentlich von sich aus keinerlei Begehrlichkeiten auslösten; Produkte, die über Jahrzehnte völlig bedeutungslos schienen, wurden nun neu gedacht, neu entwickelt und vor allem neu kommuniziert. Das war die Idee von Up!

Seit 16 Jahren tingelte ich nun schon durch die Kommunikationsbranche und wusste alles über USPs und UAPs und direkte und indirekte Konkurrenten. Ich wusste alles über Above-the-line- und Below-the-line-Maßnahmen. Alles über PR, Influencer Marketing und OOH-Kampagnen. Ich war von einem anderen Unternehmen abgeworben worden und saß da am 1. März 2020 wirklich voller Tatendrang und Hoffnung vor meinem Rechner, auf meinem Holzstuhl, an meinem Holztisch in meiner Altbauwohnung in Friedrichshain.

Ich hatte Angst davor, dass es so werden würde wie in Frankreich. Ich hatte Angst davor, über Wochen nicht mehr rauszukommen. Und ich hatte Angst davor, dass alle durchdrehen würden. Mit der Zeit jedenfalls. Dass ich nicht durchdrehen würde, wusste ich. Ich bin nicht so der Durchdreh-Typ. Ich kann in die absurdeste Situation geraten und schaue sie mir von außen an und fahre meinen Herzschlag runter und atme nur noch ganz langsam ein und aus. Ich arbeite gegen alle möglichen Hormone, die mein Körper ausschüttet, aktiv an. Kein Dopamin, kein Adrenalin. Vermutlich würde ich sogar eine Entführung mental relativ stabil überstehen. Doch wer weiß das schon.

Bevor ich es schaffte, in den Flieger nach Griechenland zu steigen, hatten die Griechen allerdings schon die Grenze zugemacht. Also nix am Beach Koffer verkaufen, sondern von der Altbauwohnung aus. Wir waren ein aus den USA gesteuertes Unternehmen. Den europäischen Markt hatten sie vor neun Monaten erschlossen und wollten jetzt ordentlich Tamtam machen. Ich hatte ein Team von sieben Leuten. Social-Media-Managerin, Copywriter für vier verschiedene Länder (Frankreich, Italien, Deutschland, Spanien), eine PR-Managerin und eine Influencer-

Managerin. Jetzt sollte richtig Fahrt aufgenommen werden. Die schlechten Absätze, so sagte mir der europäische CMO, wären den Amis langsam nicht mehr plausibel zu erklären. Hier müsse jetzt die Post abgehen. Das Ding solle fliegen. Er erwarte hier Topleistungen. Up! müsse upgehen, war ein Satz, den er gerne augenzwinkernd wiederholte, bis ihn niemand mehr hören konnte.

Wer lange genug im Start-up-Business ist, der kennt diese Sprüche und überlebt sie, ohne einen Herzinfarkt zu bekommen oder nachts nicht mehr schlafen zu können. Gerade den Millennials und Gen-Zettern muss man mit diesem Gequatsche ja nun ständig kommen, weil sie nun mal die Arbeitsmoral von Hausstaubmilben besitzen. Ich dagegen bin GenX. Uns vergisst man ständig. Dafür können wir aber Verantwortung und glauben nicht daran, dass Geld verdienen in irgendeiner Weise erfüllend zu sein hat. Ich brauche keine Yoga-Stunden im Office, keinen Kicker-Tisch, keine fucking Wednesday-After-Work-Parties und schon gar kein Slack. Slack! Die Tür zur Hölle. Ich wollte nicht quatschen, ich wollte arbeiten, damit Up! seinem Namen alle Ehre machen würde.

Aber ab Lockdown lief natürlich gar nichts mehr *up*. Ich schaute morgens zum Check-In auf Zoom in müde und fahle Gesichter, während ich frisch geduscht, geschminkt und ordentlich angezogen am Bildschirm saß. Wer sich hängen lässt, verliert. Wer aufgibt, kann einpacken. Fertig aus! Für mich war Home-Office sowieso die große Wunscherfüllung, von der ja nun zwanzig Jahre lang alle geschwärmt hatte, ohne dass diese Form des Arbeitens zustande gekommen war. Aber ich konnte ja Verantwortung und auch selbstständiges Arbeiten. Die Millennial-Copywriterin aus Frankreich allerdings, die konnte am Bildschirm Pickel ausdrücken und sich ihre dreckigen Brötchenhände am T-Shirt abwischen. Was für ein Anblick, dachte ich. Was für ein Drama. Was für ein Theater. Was ein Haufen Kindergartenkinder. Schließlich war das hier lediglich eine Pandemie und wir saßen gemütlich in unseren beheizten Wohnungen. Vor 80 Jahren gab es noch sowas wie einen Weltkrieg und kein Warmwasser aus der Wand. In 2020 weinten die Leute, weil sie nicht mehr ins Büro durften.

Die Lockdown-Monate plänkelten so dahin. Ich tat, was ich konnte, um alles über Wasser zu halten. Wir shifteten das Money von klassisch und OOH zu digital, stampften einen Podcast aus dem Boden, in dem es darum gehen sollte, wie Leute ihre Koffer verloren hatten. Aber in lustig! Entgegen der Idee der Social-Media-Managerin. Die wollte unbedingt irgendwas Trauriges: die emotionalsten Erkenntnisse unterwegs oder von Trennungen im Urlaub. Aber ich erklärte ihr, dass aktuell nicht die Zeit für die Projektion ihrer Depression war. Die Welt ging unter und wir wollten Koffer verkaufen, obwohl die Flughäfen auf dem gesamten Planeten geschlossen waren. Das könne man nur noch mit sehr viel Humor über die Bühne bringen und entweder an das gute alte Früher erinnern oder eben an eine Zeit, die irgendwann wiederkommen würde. „Bloß kein Jetzt!", sagte ich in jedem Meeting, „Jetzt hat mit Koffern wirklich rein gar nichts zu tun. Jetzt ist nicht Up!, morgen ist Up!" Also entwickelte ich neben dem Podcast noch eine Kampagne, die an eine bessere Zukunft voller Hedonismus und Reiselust erinnerte, und wir schafften es doch wirklich, dass ein Riesenhaufen Leute, die sich die 5K als Selbstständige geholt hatten, zumindest 600 Euro durchschnittlich in neue Koffer steckten. „Es gibt ein Ende der Pandemie und dafür müssen die Leute ready sein! Hoffnung schüren! Begehrlichkeiten kreieren! Und vor allem von dieser Lockdown-Scheiße ablenken. Urlaubsbilder bis zum Abwinken. Abgelegene Inseln. Hotte Girls, die Cocktails schlürfen. Mensch, fragt euch einfach, was ihr sehen wollt im Moment. Wer keinen echten Sex hat, guckt Pornos. Wer nicht mehr reisen kann, geht auf den Insti-Account von Up!, Leute!"

Der CMO liebte mich. Natürlich! So geht effektives Arbeiten. So bleibt man Up! (Zwinkersmiley). Manchmal, wenn die wöchentlichen Zahlen wieder ein bisschen schlechter aussahen und wir um 21 Uhr im Zoom-Call mit unseren Peers aus San Francisco saßen, dann machten wir uns nach dem Beenden des Meetings in einer neuen Zoom-Konferenz eine Flasche Wein auf und betranken uns, bis keiner mehr einen vernünftigen Satz sagen konnte.

Ende Juli dann die schlechte Nachricht. San Francisco hatte entschieden, dass das mit dem Koffer-Verkaufen während einer Pandemie längerfristig schwierig werden könnte. Der Lockdown war zwar offiziell beendet und manche fuhren sogar in den Urlaub, aber das änderte nichts an der allgemeinen Müdigkeit der Menschen und der Angst davor, bald alles zu verlieren. Auch, wenn die Wirtschaft interessanterweise wie irre boomte, dass wir einer Rezession entgegensegelten, das wusste im tiefsten Inneren der letzte Idiot. Mein

Wein-Buddy Daniel monologisierte deswegen auch nicht ewig schwammiges Zeug daher, als er mir die Ergebnisse seines One-on-One mit dem Founder Timothy Black darlegte. 30 Prozent der Belegschaft müssten gehen. Die Gürtel enger geschnallt. Ich musste innerlich lachen, als er das sagte. So ein Start-up-Boomer-Sprech einfach. Ich müsse also von meinem Team drei Leute entlassen und solle mir ernsthaft überlegen, auf wen ich verzichten könne. Also schlug ich vor, die vier Copywriter rauszuschmeißen, alle vier Länder-Accounts zusammenzulegen, einen Europa-Account draus zu machen und die englischen Copies aus Amerika zu nehmen. Boom. Mein CMO liebte mich. Natürlich! So geht effektives Arbeiten. So geht effektives Entscheiden. So bleibt man Up! (Zwinkersmiley).

Statt da eine Riesengeheimhaltungsveranstaltung draus zu machen, trommelte er ein All-Hands zusammen, erklärte, dass blablabla, weil blablabla jetzt 30 Prozent blablabla werden müssten und alle, die in den nächsten 30 Minuten eine Mail bekämen, leider mit einem Golden Parachute das Flugzeug verlassen müssten. Er habe allerdings ein Partyboot auf der Spree angemietet und wem nicht alles zu blöd wäre, könne sich ab 19 Uhr auf Firmenkosten vollends die Kante geben. Für Essen und Musik sei selbstverständlich gesorgt. Und so kam es dann. Niemand der 42 Entlassenen blieb Zuhause und jammerte vor sich hin. Für die meisten war es eine Erleichterung. Weil ja jeder zu dieser Zeit sowieso täglich damit rechnete, seinen Job zu verlieren. Wenn es dann erstmal passierte, war mit einem Mal der Druck raus. Ich hielt bis zum Oktober 2021 durch. Mit der nächsten Lockdown-Ankündigung schloss Up! endgültig sein europäisches Office in Berlin.

Nicht loslassen können

Tim erschien mit einem Reiseklappstuhl, einem Reisetisch, einer Tasche, einer Kühlbox, einem JBL-Speaker und einem großen Sonnenhut. Dann stellte er alles langsam und sorgfältig auf dem Beton ab, aus dem der Boden des Hinterhofs bestand. Vor der großen Glasfront, hinter der sich das Großraumbüro auf ebener Erde befand, versammelten sich einige Mitarbeiter. Jedenfalls jene, die um 8:30 Uhr morgens schon mit der Arbeit anfangen. Sie schauten sich ein bisschen verängstigt, ein bisschen besorgt an und trafen sich anschließend in der Kaffeeküche. Tim klappte den Stuhl und Tisch auf, platzierte beide so vor der Glasfront, dass es aussah, als würde er sich ins Bürogeschehen einreihen. Nur eben vor dem Büro statt im Büro. Er setzte sich auf den Stuhl, zog seinen Rechner aus der Tasche, stellte ihn ab, nahm dann die JBL-Box und positionierte sie in der rechten vorderen Ecke des Tisches. Aus der Kühltasche nahm er eine Flasche Wasser, ein zusammengeklapptes Brot und eine Banane. Dann machte er die „Vier Jahreszeiten" von Vivaldi an, setzte abschließend seinen Sonnenhut auf und begann zu arbeiten, als sei nie etwas passiert.

Tim, der sein Leben lang schon in seiner eigenen Welt gelebt hatte, war ein bisschen wie ein Charakter aus einem Film Noir, nur im farbigen 21. Jahrhundert. Mit seinem wilden dunklen Haar, das seine Augen immer ein wenig verbarg, und seinem Blick, der Geschichten erzählen konnte, die nur in seinem Kopf existierten, schien er unerreichbar. In den Tiefen seiner grünen Augen flackerte ein wildes Funkeln, das an einen unbeugsamen Willen erinnerte. Er war kein Mensch der Massen, und man hätte sagen können, er war nicht besonders sozial kompatibel. Aber Tim, der sich mit der subtilen Sprache der Bücher besser auskannte als mit der der Menschen, brauchte diese Massen auch nicht. Für ihn waren Menschen Rätsel, die er nur beobachtete, aber selten lösen wollte. Er hatte in einem kleinen Apartment gewohnt, dessen Wände von Bücherregalen gesäumt waren. Es gab Bücher aller Art, von den großen Klassikern bis hin zu moderner Science Fiction. Jeder Band erzählte von seinen nächtlichen Reisen in andere Dimensionen. Das Apartment war sein Kokon, seine Festung der Einsamkeit, der Ort, wo er die Welt aus seiner Perspektive formte.

In der Realität, in der Tim nur widerwillig teilnahm, arbeitete er als Designer. Dort fand er einen weiteren Ort, um seine Einsamkeit zu kultivieren. In der digitalen Landschaft der Striche und Farben fühlte er sich heimisch. Er verstand sie besser als die Unvorhersehbarkeit menschlicher Emotionen. Manchmal, wenn die Farben flossen und die Probleme verschwanden, spürte er ein Gefühl von Verständnis, das er bei den Menschen selten fand.

Tim war kein Unmensch, nein, er fühlte, vielleicht sogar tiefer als viele andere. Doch seine Gefühle, die er in sich einschloss wie einen wertvollen Schatz, waren schwer zu ergründen. Die wenigen, die das Glück hatten, seinen wahren Charakter zu sehen, beschrieben ihn als jemanden mit einer tiefen Leidenschaft für das Leben und einer unvergleichlichen Fähigkeit, Schönheit in den kleinsten Dingen zu sehen.

Er war ein Einzelgänger, ein Wanderer zwischen den Welten der Realität und seiner eigenen, ein Reisender im Universum seiner Gedanken und Träume. Tim war kein einfacher Mensch. Aber in seiner Komplexität lag eine Schönheit, die nur wenige zu sehen vermochten. Er war wie eine seltene Blume, die nur in der Stille der Einsamkeit gedeiht. Und wer ihm näher kam, wer die Geduld und das Verständnis aufbrachte, die er erforderte, fand in ihm einen Freund wie keinen anderen.

Tims Kindheit und Jugend waren von seinem Außenseitertum geprägt. Schon als kleiner Junge war er anders als die anderen Kinder. In einer Welt, in der alle Fußball spielen und Actionfiguren sammelten, verbrachte er seine Tage lieber allein, eingekuschelt in den verborgenen Ecken der örtlichen Bücherei, stets in Begleitung eines guten Buches. Seine Mutter erinnerte sich an den jungen Tim, der statt mit Spielzeugen zu spielen die Sterne am Himmel beobachtete und sich Geschichten von weit entfernten Galaxien ausmalte. Sein Vater, ein stiller Mann mit einem Herz voller Liebe für seinen ungewöhnlichen Sohn, brachte ihm bei, wie man den Computer benutzt, und entdeckte schnell Tims Talent dafür. Seine Eltern liebten und unterstützten ihn bedingungslos.

Als Teenager wurde Tim zum Eigenbrötler, der seine Zeit am liebsten in seinem Zimmer verbrachte, umgeben von Büchern und Musik. Freude fand er in melancholischer Musik. Am allerliebsten Klassik. Er las alles, was er in die Finger bekam, seine Neugier war unersättlich. Diese Jahre waren geprägt von stiller Selbstfindung und dem Aufbau seines inneren Universums.

Die Schule war für Tim eine notwendige, aber unerfreuliche Pflicht. Er fand wenig Anschluss bei den anderen Schülern, die seine Interessen und seine introvertierte Art nicht teilten. Doch statt sich anzupassen, hielt er stets an seiner Einzigartigkeit fest. In diesen harten Jahren lernte er, sich auf sich selbst zu verlassen und seine Einsamkeit zu umarmen. Seine Kindheit und Jugend hatten Tim zu dem Mann geformt, der er war. Sie hatten ihn gelehrt, unabhängig und selbstbewusst zu sein, und hatten ihm gezeigt, dass es okay ist, anders zu sein. Trotz der Schwierigkeiten und der Einsamkeit seiner jungen Jahre schaute Tim auf diese Zeit zurück als die Zeit, in der er sich selbst gefunden hatte. Sie war die Basis für seine Entwicklung zu dem unabhängigen, introvertierten und tiefsinnigen Mann, der er geworden war.

So sah sich Tim selbstverständlich selbst, aber niemand sah Tim so. In der Kaffeeküche standen mittlerweile acht Personen, die bereits versucht hatten, die Gründerin von *Loveable*, einer Dating-App für Ü-40er, zu erreichen. Aber Conny ging nicht ran. Es wurde darüber spekuliert, dass Tim vielleicht eine Waffe bei sich trug und vorhatte, in wenigen Stunden ins vollbesetzte Büro zu stürmen und alle niederzumetzeln, aber diese Fantasie wurde relativ schnell aus dem Weg geräumt. Ja, Tim war ein nerdiger Gamer, der es immerhin zum

App-Designer ohne besonders viel Design-Talent geschafft hatte, aber ein Killer, das war Tim nicht. Dennoch war die ganze Aktion mehr als bedenklich. Keine Frage. Insbesondere, weil zwischen seiner fristlosen Kündigung und dem Aufbau seines Mini-Büros keine 24 Stunden vergangen waren. Und hätte Tim nicht den Dating-App-Code gehackt, um unkompliziert mit über 1000 über 40-jährigen Frauen zu matchen, obwohl keine von ihnen nach rechts geswiped hatte, würde er selbstverständlich und sogar trotz seines fehlenden kreativen Talents immer noch bei *Loveable* arbeiten. Doch in den letzten Wochen hatten sich die Beschwerden von Frauen gehäuft, die alle mit Clemens S. gematcht hatten, ohne sich erinnern zu können, ihn überhaupt ausgewählt zu haben. Dann hatte Conny sich drei Vertraute an die Seite geholt und war der Sache erst auf den Grund gegangen und auf die Spur gekommen und als sich herausstellte, dass Tim Clemens S. war und er offensichtlich sein IT-Wissen benutzt hatte, um sich unter die Top-10-Männer der Dating-App zu katapultieren, obwohl sein schütteres Haar und die 1,72 Meter selbstverständlich niemals ein solches Ergebnis hätten generieren können, waren alle erst einmal für mehrere Stunden geschockt gewesen. Selbstverständlich war sofort klar gewesen, dass Tim das Unternehmen verlassen müsse. Daran bestand gar kein Zweifel. Doch die größte Sorge war eigentlich, dass dieser Leak durch die Presse gehen würde und die Investoren abspringen und *Loveable* mit einem Mal in der Versenkung verschwinden würde, wegen – naja – der Tatsache, dass ein Mitarbeiter die App gepuncht hatte.

Tim jedenfalls saß vor dem Bürogebäude und arbeitete an seinem Rechner. So als sei nie etwas passiert. Gegen 10 Uhr stürmte Conny durch den Hintereingang, versteckte sich hinter einer Betonsäule und beobachtete Tim volle 15 Minuten, ohne sich bemerkbar zu machen. Dann nahm sie allen Mut zusammen, griff nach einem Stuhl, öffnete die Glastür, die in den Hof führte, stellte ihren Stuhl auf die Tim gegenüberliegende Seite des Tisches und führte mit ihm dasselbe Gespräch, das sie am Vortag mit ihm geführt hatte. Sie erklärte ihm liebevoll, wie gerne alle mit ihm die letzten zwei Jahre gearbeitet hatten, wie sehr man ihn als Mitarbeiter schätzte und wie unfassbar smart die Aktion mit der App gewesen war, aber eben auch hochgradig illegal. Tim schaute Conny direkt in die Augen und nickte verständnisvoll. Dann reichte sie ihm ihre Hände und Tim griff zu. Tränen schossen in seine Augen und Conny versicherte, dass, wenn er nichts sagen würde, sie auch nicht juristisch gegen ihn vorgehen würde. Man könne die Sache einfach unter den Tisch fallen lassen. Dann ließ sie einen Kugelschreiber unter den Tisch fallen und zeigte darauf. Tim senkte seinen Kopf, das dunkle lockige Haar zeigte Richtung Boden. Er starrte auf den Kugelschreiber, beugte seinen Oberkörper und erreichte mit dem Finger den Stift. Er spielte kurz mit ihm, kam dann wieder ohne Stift hoch, klappte seinen Rechner zu, schob ihn ganz langsam in seine schwarze Tasche, ließ die JBL-Box darin verschwinden und stand auf. Conny blieb derweil auf ihrem Stuhl sitzen. Sie regte sich keinen Millimeter. Blickte kurz durch die Glasfront, als Tim den Stuhl zusammenklappte. Vor dem Fenster hatten sich alle Mitarbeiter in einer Reihe aufgestellt, um dem Spektakel zu folgen. Sie zwinkerte allen zu und alle zwinkerten gleichzeitig zurück. Tim nahm den Sonnenhut ab, klemmte ihn zwischen Tisch und Stuhl, hob die Kühltasche hoch und verließ den Hinterhof, ohne sich umzudrehen. Ein paar Minuten blieb Conny so sitzen. Allein auf ihrem Stuhl. Allein auf dem Beton. Allein vor der Glasfront, bis die Mitarbeiter zu klatschen begannen.

(MEETING) CULTURE

Verloren in Gedanken

Ich hasste alles daran. Ich hasste die Location des Offsites. Irgendwo im Norden von Berlin. Nein, nein, nicht mal Brandenburg, sondern Nord-Berlin. Alter Osten. Buch. Fucking Buch. Kennt ihr Buch? Das unliebsame Anhängsel der pulsierenden Hauptstadt, ein isoliertes Stück Land, das von der wahren Energie Berlins abgeschnitten scheint. Die Straßen verlassen und trostlos, als ob die Zeit hier stehen geblieben wäre und die Welt um sie herum sich weiterentwickelt hätte, ohne sie mitzunehmen. Die Architektur unausgewogen, mit alten, unansehnlichen Gebäuden wie dem Schloss Buch, das aus der Zeit gefallen wirkt und neben den modernen Wohnblöcken fehl am Platz erscheint. Die engen Gassen sind von einem Hauch von Nostalgie durchzogen, die die Tristesse dieses Ortes nur noch unterstreicht. Einfach ohne eigene Identität. Da hatte er uns nun hinbestellt. Uns, das hieß, das C-Level und die Führungsriege drunter. 13 Leute. Ein verlängertes Wochenende in, genau, fucking Buch. Nicht etwa in einem schicken ausgebauten Bauernhof. Nein, nein, hier wird gespart bei Eigentum24, dem neuesten Immobilien-Start-up, das aus allen Deutschen binnen weniger Jahre Eigentümer machen sollte. Dabei hält der Deutsche Kredite gar nicht aus. Dabei kriegt man kaum Kredite in Deutschland. Nur als Festangestellter mit einem Brutto-

Jahreseinkommen von 50K. Da gibt es dann schon mal einen cuten 100K-Kredit, wenn man ganz brav guckt. Und dann kann man sich von den 100K irgendwo in der Pampa ein runtergekommenes DDR-Fünfzigerjahre Haus zulegen. Eigentum24. Dass ich nicht lache. Mit derselben Wahnvorstellung, wie Meike und ihr Mann Mike – ich weiß, man kann sich das gar nicht ausdenken – ihr Start-up entwickelt hatten, organisierten sie Offsites.

Ich arbeite seit einem halben Jahr für Eigentum24 und habe längst meine Nerven verloren, ohne es mir anmerken zu lassen. Ich bin eine 29-jährige Frau mit kurzen, schwarzen Haaren und verbringe meine Tage damit, neue Produkte zu entwickeln, um das Portfolio des Unternehmens zu erweitern und den Kunden das Geld aus der Tasche zu ziehen. Ich trage professionelle und praktische Kleidung, um den Anschein zu erwecken, dass ich eine engagierte Mitarbeiterin bin. Meine Leidenschaft für mein Fachgebiet habe ich längst verloren. Ich arbeite nur noch, um meinen Lebensunterhalt zu verdienen, um Miete und Rechnungen zu bezahlen. Ja genau. Ich habe innerlich gekündigt.

Meinen kleinen Rollkoffer schob ich über die Wiese, die vor der Jugendherberge lag. Jugendherberge. Dahin hatten uns Meike und Mike geschleppt. Viererzimmer. Kann sich das jemand vorstellen? Erwachsene Menschen in eine Jugendherberge zu verschleppen und sie dann in Viererzimmern unterzubringen. Wer tut so was? Die Wände waren grau und kahl, von der Feuchtigkeit des Jahrzehnte alten Betons gezeichnet. Die Zimmer waren spartanisch eingerichtet mit veralteten Möbeln und knarrenden Betten. Der Geruch von Mottenkugeln, alter Feuchtigkeit und stehender Luft hing schwer im Raum. Die Vorhänge waren aus dicken, braunen Stoffen gemacht, die kaum das natürliche Licht hereinlassen konnten. In der Jugendherberge herrschte eine seltsame Stille, wie ein Echo aus einer Zeit, in der die Menschen ihre Stimmen nicht erheben und ihre Gedanken nicht frei äußern konnten. Man hörte nur das Knarren des alten Holzbodens, wenn man sich durch die Korridore bewegte. Mit mir im Zimmer: Karina, Manuela und Trang. Ich nahm das obere Bett vom Doppelstockbett. Trang unter mir. Trang mochte ich. Sie leitete das Analysten-Team. Alles Männer. Und sie hart wie Kruppstahl. Es gab niemanden, der seine Mitarbeiter so dermaßen unter Kontrolle hatte wie Trang. Wenn jemand verstehen will, wie man Teams leitet, dann musste man sich nur Trang anschauen.

Sie schmiss sich ins Bett und schaute traurig zu mir hoch. Ohne etwas sagen zu können – Manuela und Karina waren schließlich mit im Raum – verständigten wir uns mit unseren Blicken. Harter Tobak, oder? Harter Tobak!

Ich nickte kurz weg. Die Traumatisierung der Anreise und die Erkenntnis darüber, dass ich in einer DDR-Herberge in einem Doppelbett mein Wochenende verbringen müsste, fuhren meine Energie so radikal runter, dass ich kein Auge aufhalten konnte. Trang weckte mich, als alle schon auf dem Weg zum Abendessen waren.

Mein Blick fiel in die alte Herbergs-Mensa. Es gab Senfeier. Ich meine Senfeier. Das muss man sich mal vorstellen? Senfeier – das traditionelle deutsche Gericht, das die Essenz dieses Landes perfekt widerspiegelt. Hart gekochte Eier in Scheiben, mit einer klebrigen und geschmacklosen Senfsauce bedeckt. Die Sauce selbst ist nur ein lauwarmer Brei aus Butter, Mehl, Milch und ein wenig Senf, der das Ei versteckt und seinen Geschmack tötet. Uninspiriert und einfallslos wie Eigentum24 auch.

Während ich in meinen Eiern stocherte, dachte ich an Kündigung. Also so richtig. Das allererste Mal überhaupt. Bis jetzt war die Kündigung nur innerlich erfolgt. Nur so nach dem Motto: Was ein Scheißladen, Augen zu und durch, egal. Wenn irgendwas Besseres kommt, gehe ich. Bis dahin bleibe ich und arbeite ab, was es abzuarbeiten gibt, aber eben auch nicht mehr. Doch hier in dieser Einöde, in diesem nach Linoleum stinkenden Großraum-Dingens mit dieser gelben Soße vor meinen Augen, strebte meine innere Kündigung nach mehr, nach Freiheit, Ausbruch, Entkommen, eben danach, eine wirkliche, reale Kündigung zu werden. Bevor ich meinen Gedanken zu Ende denken konnte, klopfte mir Trang auf die Schulter.

„Ich weiß, woran du denkst."

„Ist das so?"

„Ich denke dasselbe."

„Ja?"

„Ja. Aber wir tun's nicht."

„Warum?"

„Weil das hier nur ein Wochenende ist."

„Vielleicht ist es aber mein letztes."

„Das wird es nicht sein."

„Was, wenn doch? Dann war das hier ...", ich zeigte auf die Senfeier, „mein letztes Wochenende."

„Wir ziehen durch."

„Okay."

Am nächsten Morgen weckte uns irgendein Mitarbeiter der Jugendherberge doch wirklich um sechs Uhr. Um 6:30 Uhr sollten alle Eigentum24-People, wie uns Meike immer nannte, versammelt am Eingang stehen und um den nicht weit entfernten See joggen. Fünf Kilometer. Spaziergang, nannte sie das, als wir alle vor ihr standen. Spaziergang, dachte ich, und schaute wütend Trang an. Sie zog nur die Schultern hoch. Und die Augenbrauen auch. Und mit ihrem Mund formte sie den Satz: „Wir ziehen durch." Aber ich sage es ganz ehrlich: Der Satz machte ab diesem Zeitpunkt gar keinen Sinn mehr. Ich bin mir sicher, ihr ging es genauso. Vielen ging es so. Aber den meisten ging es anders. Die lächelten. Die lächelten doch wirklich Meike an, die in ihrer Runner-Klamotte auf und ab rannte und alle anfeuerte, bevor es losging. Dann pustete sie in ihre Trillerpfeife, schrie „Eigentum24!" und rannte los und alle hinter ihr her. Über die gesamte Strecke fragte ich mich, ob jetzt nicht der richtige Zeitpunkt wäre, einfach stehen zu bleiben, umzudrehen, ins bekloppte Vierbettzimmer zurück zu rennen, meinen Rolli einzupacken und dann zum Bahnhof zu laufen, um die nächste S-Bahn zu nehmen und der Sache hier den Dolchstoß zu versetzen. Aber ich tat es nicht. Ich trottete hinter allen hinterher, ich Loserin. Ich Versagerin. Ich Feigling.

Nach dem Frühstück, das ich eigentlich nicht näher beschreiben möchte, weil es die Senfeier an Widerlichkeit überbot, ging das Offsite-Programm los. Der Meetingraum lag in der dritten Etage. Der Raum war schlicht gehalten, und die Wände in einem sterilen Weiß gestrichen, das sich kaum von der Farbe der Decke abhob. Lediglich das schwache

Summen der Neonröhren, die über dem Raum hingen, verriet, dass es sich hier um einen Arbeitsplatz handelte.

In der Mitte des Raumes stand ein großer, rechteckiger Tisch aus dunklem Holz, dessen Oberfläche von der Zeit gezeichnet war. Darauf warteten kleine Flaschen mit Mineralwasser, geöffnet zu werden. Sie standen dort wie eine Armee von Durstlöschern, bereit, den trockenen Kehlen der Teilnehmer Erfrischung zu spenden. Doch ihre geringe Größe ließ erahnen, dass sie kaum ausreichen würden, um den Durst der Anwesenden vollständig zu stillen. Zwischen den Flaschen lagen verschiedenste Süßigkeiten verstreut. Sie waren wohl als eine Art Trost für die harten Sitzgelegenheiten gedacht, doch ihr farbenfrohes Äußeres wirkte inmitten des tristen Raumes deplatziert. Als wären sie ein verzweifelter Versuch, etwas Freude in die Atmosphäre zu bringen.

Wir setzten uns um den Tisch. Auf harte Freischwinger. Ich machte mir eine Flasche Wasser auf, griff nach der Schale mit Nüssen, schnappte mir ein paar und stopfte sie mir in den Mund. Dann begannen die Vorträge. Nacheinander stellte jeder die Pläne der Abteilung für die nächsten Monate vor. Ich scrollte unauffällig auf Zalando und schob Kleider und Schuhe und Hosen in den Warenkorb. Was die Eigentum24-People erzählten, hörte ich nicht. Ihre Stimmen waren wie die Hintergrundmusik im Fahrstuhl. Nicht mal meinen Namen hörte ich, als ich aufgerufen wurde. Nicht beim ersten und auch nicht beim vierten Mal. Liz, die neben mir saß, musste mich anstoßen. Meike sagte „Dani, weniger tippen, mehr zuhören. Du bist dran. Sag uns, was die Zukunft bringt."

Und ich antwortete: „Freiheit!", stand auf, packte, verließ die Jugendherberge und rollte mit meinem Koffer zum S-Bahnhof Buch.

How to prank a Gründer-Team

Wenn das Wetter gut ist, kann man die Berge sehen. Das ist es meistens in München. Wer die Stadt kennt, weiß: die Sonne scheint. Sommer wie Winter. Der blaue Himmel brennt in den Augen, selbst wenn der Schnee wochenlang nicht verschwindet und vor sich hin glitzert wie sonst die Handtaschen der Society Ladys. Dass in dieser gemütlichen Stadt, die sich selbst für einen Vorort von Italien hält, ein Sex-Toys-Start-up ansiedeln würde, hätte sicherlich niemand für möglich gehalten. Aber es war möglich. Die Berlinerinnen Lara Graf und Josefine Lambert machten es möglich. Sie hatten sich im BWL-Studium kennengelernt und anschließend gemacht, was die Wenigsten tun, ein eigenes Unternehmen aufbauen nämlich. Mit ein bisschen Money von den Eltern und einem Netzwerk, das ihnen half, die richtigen VCs als Investoren zu gewinnen, entschieden sie sich, Beate Uhse Konkurrenz zu machen. Sex-Toys? Das war verpönter Scheiß. Peinlich und ein bisschen unangenehm. Nichts jedenfalls, womit zwei Girls aus gutem Hause Geld machen sollten. So dachten viele. Aber war die Welt nicht längst eine andere? Hatten sich die Zeiten, in der Pornos nur in Hinterzimmern von Videotheken erhältlich gewesen waren, nicht längst verändert? Social Media, Neunzigerjahre Girlpower und die wichtige Sex-Positivity-Bewegung hatten das Feld von hinten aufgerollt, neuen

Raum und neue Energie für einen anderen Zugang zur Sexualität geschaffen. Genau das hatten sich die beiden zunutze gemacht und waren damit seit über drei Jahren am Start. Das Team bestand aus 80 Mitarbeitern, die auf die unterschiedlichen Arbeitsbereiche fast gleich aufgeteilt waren. Lara leitete die Kommunikation und das Marketing, während Josefine Product und Sales verantwortete. Das Büro natürlich Großraum. Seit Corona teilte man sich nun auch noch denselben Schreibtisch. Wie viele hatten sie sich aus Ressourcenmangel verkleinern müssen. Drei Tage war Office-Day, zwei Tage durfte man Zuhause arbeiten. Wann in der Woche war jedem selbst überlassen. New Work. Das waren sie, die neuen Arbeitsbedingungen. Die Freiheit, die Holm Friebe und Sascha Lobo in ihrem Buch „Wir nennen es Arbeit" schon vor 20 Jahren gefordert hatten, war endlich erreicht. Und auch, wenn Etliche nach ihnen Selbiges gefordert hatten, war man jahrzehntelang auf verschränkte Arme und eine Menge Unbeweglichkeit gestoßen. Neue Arbeitszeiten und -modalitäten? Ohne uns! Doch Corona hatte alles verändert. Alles.

Während die deutschen Unternehmensbosse sich ein Vierteljahrhundert gegen die Veränderungen in der Gesellschaft stellten und hart blieben, hatte sie ein chinesischer Virus endlich ordentlich in die Knie gezwängt. Lara sagte immer: „Wenn der Mensch sich nicht freiwillig verändert, dann wird er gezwungen werden". Und so kam es eben auch.

An dem Tag jedenfalls, an dem bei LustLab kurz die Welt zusammenbrach, trafen sich Lara und Josefine mit der Playboy-Chefredaktion schick zum Lunch, um eine längerfristige Medienkooperation zu vereinbaren. Es ging darum, Synergien zu schaffen. Klar! Und den Marktanteil beider Unternehmen zu vergrößern. Auch klar! Während bei Playboy die Leserschaft hauptsächlich männlich und über 50 war, konnten die beiden Girls mit ihrer Kundschaft ordentlich angeben. Denn sie hatten es geschafft, jene Zielgruppe ans Unternehmen zu binden, um die sich aktuell jeder riss. Ob Autoindustrie, Kosmetikindustrie, Mode oder Schuck: Die kaufkräftige, gutsituierte 35-Jährige wollten alle für sich gewinnen. Denn sie war offen für Neues, extrem medienaffin, weil als Millennial selbstverständlich damit aufgewachsen, und ihr Geld lag locker in der wie ein Croissant geformten Prada-Bag. Statt den immer selben Fehler zu machen, nämlich die Werbung auf Männer auszurichten, weil die über mehr Einnahmen verfügten, aber bei weitem nicht so eine Kaufkraft besitzen, hatten Lara und Josefine in BWL eben aufgepasst und eine andere Strategie gewählt.

Lieber mutig sein. Lieber wild sein. Lieber riskant sein. Eigenschaften, mit denen man in den USA offene Türen einrannte, die aber in Deutschland aus historischen Gründen unbeliebt waren. Leider.

„Guckt euch doch das deutsche Fernsehen an. Da werden nach wie vor alle Fehler gemacht, die man nur machen kann", sagte Tim, der Redaktionsleiter vom Playboy, und Josefine antwortete nüchtern: „Solange man versucht alle glücklich zu machen, wird man niemanden glücklich machen. Es gilt doch, Wenige glücklich zu machen, die Coolen, die Progressiven, die, die ihren Kopf nach vorne gerichtet haben, und alle anderen zu Mitläufern einer neuen Bewegung zu machen. Wir müssen den Kunden erziehen, nicht der Kunde uns!" Großes, anerkennendes Raunen folgte. Manchmal traf man eben doch Leute, die die Welt verstanden hatten, dachte Lara, und begann ausschweifend darüber zu philosophieren, dass der Mensch lediglich an die Hand genommen werden wolle, so wie Kinder an die Hand genommen werden müssen. Freiheit ohne Grenzen ist keine Freiheit, sondern ein schwarzes Loch und so weiter und so fort. Natürlich kam der Deal nach dieser Diskussion auch zustande. Win-Win-Situation erster Güte. Von nun an sollte LustLab ein eigenes Video-Format für die Instagram- und TikTok-Kanäle vom Playboy produzieren, in denen über neue Sextechniken, Kinks und Fantasien berichtet würde. Einmal die Woche. Bäm!

„Bäm!", sagte Lara zu Josefine, als die beiden auf dem Weg zurück ins Büro ein bisschen beschwipst im Uber saßen. Und wäre in diesem Moment nicht eine Mail eingetroffen, die beide eiskalt erwischte, sie hätten den Moment des Sieges zumindest zehn Minuten genießen können. Aber Siege kommen eben nie ohne eine Niederlage. Die Gleichzeitig der Dinge. Das Leben als Achterbahn. Es ist eben kein See an einem windstillen Sommertag. Jedenfalls machte es auf den Handys beider Girls im selben Moment Kling. Sie öffneten zugleich ihre Mail-Fächer, und zugleich stockte ihnen der Atem. Nach 20 Sekunden brüllte Lara: „WHAT THE ACTUAL FUCK!" Kaan hatte an alle Mitarbeiter eine E-Mail mit dem Betreff „Gründung eines Betriebsrates" geschickt. Im weiteren Verlauf hieß es, dass sich alle Mitarbeiter um 15 Uhr im großen Meetingraum zusammenfinden sollten. Jene im Home-Office würden per Zoom zugeschaltet werden. Für Lara und Josefine hieß es: draußen bleiben. So ein Betriebsrat, der tagt natürlich ohne die Führungsetage.

„Was heißt diese Scheiße jetzt eigentlich für uns?", fragte Josefine, googelte erstmal Betriebsrat und las dann laut vor: „Ein Betriebsrat ist eine von den Arbeitnehmern eines Unternehmens gewählte Interessenvertretung, die das Ziel hat, die Rechte und Interessen der Arbeitnehmer zu schützen. Der Betriebsrat hat das Recht auf Mitbestimmung in verschiedenen Angelegenheiten, die die Arbeitnehmer betreffen, wie beispielsweise Arbeitszeitregelungen, Urlaubsregelungen oder Kündigungen."

„Ey, wenn die uns jetzt auf den Sack gehen, kurz vor der Series B-Runde, schmeiß ich die alle raus", fluchte Lara, wie eben nur Lara fluchen konnte und Josefine antwortete nur: „Ja, aber das geht ja nun nicht mehr, Mann."

Das Office glich einem Bienenstock, als die beiden, frisch vom Playboy-Lunch, die heiligen Hallen betraten. Manche schauten ein bisschen beschämt auf den Boden, andere hoben das erste Mal in ihrem Leben stolz den Kopf. Kaan, von dem die Mail rausgegangen war, rannte verängstigt zu Lara und Josefine und bat sie darum, mit ihnen unter sechs Augen sprechen zu dürfen, woraufhin Lara dankend abwinkte, Josefine jedoch verständig einlenkte. „Lass einen Walk machen", sagte sie zu Kaan und schwuppdiwupp waren beide im Fahrstuhl und sausten vom fünften Stock runter ins Erdgeschoss. Kaan stotterte irgendwas von niemals geschrieben, niemals geschrieben, was Josefine ihm natürlich nicht glaubte.

„Was bist du denn jetzt so peinlich? Wenn du einen Betriebsrat gründen willst, dann musst du da jetzt auch hinter stehen."

„Ich will keinen Betriebsrat gründen."

„Das klang in der E-Mail aber ein bisschen anders."

„Ich weiß! Aber hör zu, mein Rechner war offen, als ich auf die Toilette gegangen bin. Ich schwöre, ich habe die Mail nie geschrieben."

Kaan schwor noch ein bisschen weiter. Solange jedenfalls, bis Josefine ihm irgendwann glaubte. Ach, glauben musste. Doch was macht man, wenn alle davon überzeugt sind, dass Kaan einen Betriebsrat gründen will, ohne einen Betriebsrat gründen zu wollen?

Bis zum großen Aufschlag des Meetings, das das Unternehmen in eine völlig neue Struktur katapultieren würde, blieb eine Stunde. Aber nicht nur das: die Betriebsrat-News würden LustLabs mit großer Wahrscheinlichkeit durch die gesamte Start-up-Presse jagen und das Einsammeln der Gelder, mit dem sich Lara und Josefine die letzten Wochen relativ erfolgreich beschäftigt hatten, vom fünften in den zweiten Gang versetzen. Ein Riesen-Cluster-Fuck einfach. Daran bestand kein Zweifel. Deswegen kauerte Kaan die letzten 30 Minuten vor der offiziellen Betriebsratsgründung auch auf der Toilette und schämte sich in Grund und Boden. Er schämte sich, weil er wusste, dass er selbst dafür verantwortlich gewesen war, seinen Rechner offen zu lassen, wissend darum, dass dieses Verhalten jederzeit benutzt wurde, sich einen großen Spaß zu machen. Und während die Pranks sich normalerweise zwischen einem grenzwertigen Stromberg-Zitat und einer Einladung zu einem abendlichen Umtrunk auf Kosten des E-Mail-Versenders abspielten, war das hier eine ganze andere Hausnummer. Eine, die nicht nur Kaan, sondern dem Unternehmen echten Ärger einbringen könnte, wenn der Prank nicht als Prank akzeptiert, sondern von irgendeinem Mitarbeiter - zu Recht - zum Anlass genommen würde, die Sache in die Realität umzusetzen. Dann schüttelte sich Kaan, rannte zum Cupcake-Laden unten im Haus, kaufte 80 Cup-Cakes, holte die Konfetti-Kanone aus dem Keller, die Lara für die Dreijahresfeier erworben hatte und stapfte ins Meeting, als hätte er sich die ganze Nummer ausgedacht. Ownership, nannte man das und er hatte Glück, dass vom Cupcake essenden Team mit Konfetti im Haar niemand auf die Idee kam, aus LustLab ein sozialistisches Ferienlager zu machen.

LOVE LIFE

Schnelle Nummer

Es wummerte aus den Boxen. Bisschen unangenehmer Techno, aber was soll man anderes von einem Firmen-Event erwarten. Am Nachmittag hatte ein Party-Unternehmen das fünfstöckige Büro ausgeräumt und daraus eine Art Berghain gebastelt. Dass das alles Vor-Corona und auch alles vor Nach-Corona stattfand, versteht sich von selbst. Es waren die fetten Jahre, in denen sich Gründer solchen Quatsch noch leisten konnten. Nun muss man sagen, dass das Gebäude ideal für eine solche Veranstaltung war. In der Mitte ein Atrium, in dem ein gläserner Fahrstuhl in Blitzgeschwindigkeit hoch und runter sauste. Dann im Viereck die terrassenartigen Großraumbüros, die eine freie Sicht aufs Atrium gewährten. Jeder Floor war nach einem Motto designt. Im ersten Stock ging es um Flower-Power-Rave, bisschen eine Mischung aus Fusion und irgendeinem anderen Matschfestival. Es gab kleine Buden, die mit leuchtenden Mushrooms bemalt waren, wo man Virgin-MDMA-Bowle bekam. Virgin deshalb, weil natürlich offiziell kein MDMA ausgeschenkt werden durfte. Also hieß es nur, dass die Inhaltsstoffe der Bowle einen ähnlichen Effekt wie MDMA hätten. Naja, wer's glaubt. Zweiter Stock dann Gothic-Techno. Genau, alles schwarz und mit Spinnweben. Zweiter Stock Glam-House. Alles eher schick und classy und fancy. Es gab Schampus – Moët, nicht Veuve, aber okay – und die

Event-Heinis hatten weiße Fake-Leder-Couchen in jede Ecke gestellt, auf denen sich nun die Mitarbeiterinnen und Mitarbeiter in ihren Party-Outfits fläzten. Auch Sammy saß auf einer solchen Couch. Sammy, eigentlich Samira, aus Marzahn. Sie hatte Anfang der Nullerjahre eine Ausbildung zur Friseurin gemacht, war aber kurz vor ihrem Abschluss rausgeflogen und hatte dann eine Weile als Solariumsfachangestellte angeheuert. In unterschiedlichen Solarien, weil Sammy nie lange irgendwo blieb. Sicher hätte ihr ein Psychiater eine Borderline-Störung attestiert, aber am Anfang fand man Sammy einfach nur irre erfrischend und so geil ballaballer, dass sich jeder durch sie ein bisschen aufregender fühlte. Sie arbeitete gerade erst sechs Wochen bei *YourFace*, einem Kosmetik-Start-up, das es sich zur Aufgabe gemacht hatte, Douglas vom Markt zu fegen. So far, so not working. Aber das war eine andere Geschichte. Sammy hatte man im Sales-Bereich eingestellt. Sie sollte mit ihrer „Beauty-Expertise" neue Marken ins Geschäft holen und top Deals klären. Und logisch, dass Sammy darin wahnsinnig gut war. Ihr Charme ließ alle neben ihr nackig aussehen. Dazu kam ihr Äußeres: schwarze po-lange Haare. Hart abgebrutzelte Solariumshaut, aber noch hot, weil Sammy gerade erst 30 geworden war. Fake-Lashes, die immer an ihre Oberlider stießen, zu einem Zeitpunkt, wo in Deutschland noch nicht mal der Ruhrpott Fake-Lashes trug. Sammy war nach ihrem letzten Solariums-Exit mit einem Dude nach Miami durchgebrannt und hatte dort ein halbes Jahr lang als Stripperin gearbeitet und alles gelernt, was man in einem halben Jahr als Stripperin in den USA lernen kann. Genug für's Leben auf jeden Fall. Damit war sie quasi jeder Mitarbeiterin von *YourFace* um Meilen voraus.

An diesem Abend trug sie einen weißen Catsuit und weiße Stripper-Heels. Was sich keine getraut hätte, Sammy tat es einfach. Man hätte meinen können, dass die Frauen hinter ihrem Rücken tuschelten, aber Sammy schaffte es, sie alle zu ihren „Girlfriends" zu machen, und das binnen weniger Stunden. Jede wollte Sammys BFF werden. Und so saß sie eben nicht nur mit überschlagenen Beinen und einem vollen Glas Schampi auf der weißen Couch, sondern auch Manuela, Norah, Katja und Tommi (gay!). Sammy haute gerade wieder irgendeine Miami-Stripper-Geschichte raus, während Justus, der Co-Founder, an allen vorbeilief und so tat, als würde er Sammy nicht sehen. Doch immer, wenn Männer so tun, als würden sie eine Frau nicht sehen, dann haben sie sie natürlich ganz besonders im Auge. Nicht alle Männer verhalten sich so. Nur diejenigen, die ganz besonders unsicher und instabil sind. Diejenigen, die die Zurückweisung einer Frau nicht aushalten würden und sich deshalb auch nicht mutig in jenes Spiel einbringen können, das es braucht, um ein bisschen Spaß ins Leben zu holen.

Justus ignorierte sich also an der Gruppe vorbei und Sammy, die alles gelernt hatte, was man in einem halben Jahr als Stripperin in den USA lernen kann, durchschaute ihren Boss, wie nur Frauen Männer durchschauen können, und entschuldigte sich bei der Gruppe, um auf die Toilette zu gehen. Dann stand sie elegant auf, was Justus natürlich sofort mitbekam, weil er sich drei Meter entfernt von der Gruppe in irgendein Gespräch eingemischt hatte, um noch ein bisschen in Sammys Nähe verweilen zu können, ohne sich das eingestehen zu können. Und so stand er da und plapperte irgendwelches Zeug, das keinen wirklich interessierte. Ihn am allerwenigsten. Er trug eine weiße Jeans (!) und dazu ein rosafarbenes Polohemd (!). Die Loafers (!) in dunkelblau. Immerhin. Aber keine Socken. Seine mittelblonden Haare hatte er zu einem Man-Bun (!) hochgesteckt. In der Hand hielt er einen Cocktail mit Schirmchen. David Beckham war Anfang der Nullerjahre sein Vorbild gewesen. Justus hatte die ganze Metrosexuality-Bewegung gefeiert und gelebt, und dass er nun seit zwei Jahren Douglas vom Markt fegen wollte, war eine logische Erweiterung seiner Biografie. Fünf Jahre hatte er bei *Nivea Man* gearbeitet und sich alle wichtigen Informationen zum Markt zusammengeklaubt.

Um ehrlich zu sein, war Sammy ihm eigentlich zu trashig. Das sagte er sich jeden Morgen seit sechs Wochen. Seit sie das erste Mal in sein Büro gekommen war und er plötzlich unangenehm berührt seine Hose hatte zurecht zuppeln müssen, weil es plötzlich spannte. „Die Wimpern", sagte er sich immer verurteilend, wenn sie sich in der Küche begegneten oder „In fünf Jahren ist ihre Haut im Arsch", wenn sie in einem Meeting saßen. „Ich stehe eigentlich auf blond", sagte er sich genau in dem Moment, als Sammy an ihm und der Gruppe, die er mit belanglosem Zeug vollgelabert hatte, vorbeijagte. Innerlich nuschelte er: „Hexe", schämte sich dann aber Sekunden später so dermaßen, dass er entschied, Sammy einfach hinterherzulaufen. Ohne Plan natürlich. Das war alles tiefstes Unterbewusstsein.

Er folgte ihr und Sammy tat ihr Bestes, um Justus in dieser Rolle gefangen zu nehmen. Sie lief langsam, blieb aber nirgendwo stehen.

Begutachtete mal eine weitere Bude mit irgendwelchen Thai-Gerichten, die frisch zubereitetet wurden, oder winkte jemandem aus ihrer Abteilung zu. Die Männer, an denen sie vorbei musste, hatten entweder völlig die Kontrolle abgegeben und sabberten ihr hinterher, oder sie schauten verlegen auf den Boden. Ein normales Verhalten, das gab es nicht, wenn Sammy irgendwo auftauchte. Justus wurde eifersüchtig, als Tim ihr zuzwinkerte und Sammy zurückzwinkerte. „Wie neandertalermäßig" dachte Justus, ohne sein eigenes Verhalten reflektieren zu können. Aber okayyyy. Statt den Aufzug zu benutzen, entschied sich Sammy für die große Treppe. Hier konnte Justus ohne Unterbrechung seinem freudschen Es-Verhalten nachgehen. Am Fahrstuhl wäre ihm nur das Gesicht aus dem Kopf gefallen, das Über-Ich wäre aufgekreuzt und hätte das schöne Spiel mit einem Mal kaputt gemacht. Aber Sammy genoss das Spiel, sie genoss es so sehr, wie sie die sechs Monate in Miami genossen hatte. Die Manipulationstechniken einer Frau, die hatte sie von klein auf verstanden, aber erst in ihrem Job als Stripperin war ihr ihre Macht – die Macht der Pussy – so richtig gewahr geworden. Wie die ausgehungerten Boys da vor ihr und der Stange saßen und mit ihren Scheinen wedelten, nur um ein bisschen Beachtung von einer Frau zu bekommen, die sie im echten Leben niemals hätten daten können. Geschweige denn heiraten.

Justus folgte Sammys Energie und fragte sich währenddessen, was das Ziel dieser Verfolgung war. Ihm fiel ein Fehler in der Excel-Tabelle ein, die sie ihm am Morgen geschickt hatte, doch das jetzt auf der Party anzumerken fand selbst er etwas unpassend. Er mochte den weißen Catsuit, vielleicht könnte er ihr ein Kompliment machen, aber Komplimente, ging das überhaupt noch? Durfte *Mann* das? Ihr Hintern sah toll aus im Catsuit, dachte er dann wieder und fand sich ein bisschen chauvinistisch dabei, aber vielleicht war das auch objektiv? Würden nicht auch Frauen den top trainierten Hintern im Catsuit bemerken? Hatten Manuela, Norah, Katja und Tommi nicht vielleicht längst lang und breit ausgeführt, wie wahnsinnig gut ihr Hintern in diesem Catsuit aussah? Könnte er das nicht vielleicht auch machen? Also objektiv, nicht chauvinistisch. Und während Justus so grübelte, was er ihr sagen könnte, fand er sich plötzlich inmitten der Behindertentoilette, in die ihn Sammy reingezogen hatte, ohne dass sein Kopf aufgehört hatte, nachzudenken. Erst als er die silberne Haltestange neben dem Waschbecken und den Alarmknopf sah, begriff er plötzlich, wo er war.

„Na? Musst du auch pullern?", fragte ihn Sammy, drehte sich um und bat ihn den Reißverschluss am Rücken zu öffnen. Sie pellte sich aus dem Catsuit, die festen, aber kleinen Brüste, die echt und nicht aus Silikon waren, schauten Justus liebevoll an. Sammy setzte sich auf die Toilette. Justus lauschte dem Sound, den ihr Urin in der Toilette machte und fast wollte er zu dieser Melodie mitpfeifen, aber da öffnete Sammy schon den Knopf seiner weißen Jeans und arbeitete sich weiter vor. Obwohl sie längst fertig gepullert hatte, blieb sie sitzen, zog Justus' Hose runter, ohne dass er in der Lage gewesen wäre, irgendetwas dagegen oder dafür zu tun, schob seine ebenfalls rosafarbenen Boxershorts runter und machte dann das, was sie auch in Miami getan hatte, wenn man ihr 500 Dollar in die Hand gedrückt hatte. Justus musste nun endlich an nichts mehr denken, nicht mal mehr daran, wieso er eigentlich Sammy hinterhergelaufen war und auch nicht daran, was er sie hatte fragen wollen oder müssen und das war so wahnsinnig angenehm und schön, dass er seine Augen schloss und nur noch den Bass, der aus den Bassboxen neben der Toilette donnerte, in seinem Körper fühlte.

Von der Affäre bis zum Altar

Ich schaute mir das Spektakel aus sicherer Entfernung an. Gleich von der ersten Minute. Dabei hatte ich sie eingestellt. Selbstverständlich nicht aus den Gründen, die für das Spektakel sorgen würden, sondern weil sie einfach gut war bei dem, was sie tat. Einser-Abi. Elite-Uni. Praktikum bei einer der wichtigsten Anwaltskanzleien für den Start-up-Bereich. Dann direkt übernommen worden, dann direkt befördert. Als ich ihre Bewerbung auf dem Tisch liegen hatte, war klar: Die muss zu uns, egal wie! Ob ich damals ahnte, was passieren würde? Nein! Natürlich nicht. Weil ich so nicht denke, nicht fühle, die Welt nicht betrachte. War mir ihr Äußeres aufgefallen? Ja! Warum auch nicht? Warum nicht Schönheit anerkennen, wo Schönheit herrscht? Warum Anmut nicht aushalten, wenn Anmut den Raum betritt? Warum das Andere als Feind betrachten?

Im Fall von Milena, dieser ukrainischen Super-Juristin, ging alles ganz schnell. Schon am ersten Tag hörte man überall das Geflüster in den Gängen. Schon am zweiten Tag wurden Slack-Channel zu ihr eröffnet. Schon in der zweiten Arbeitswoche dichtete man ihr Affären mit der halben Führungsetage an. Sie selbst ging da durch, wie wohl nur Osteuropäerinnen durch solche Scheiße marschieren können. Teilnahmslos, dennoch standhaft wie ein Fels. Sie war 1,73 Meter.

Gertenschlank. Rotes langes Haar, das sie immer zu einem strengen Pferdeschwanz zusammenband. Auf ihrer weißen Haut eine Million Sommersprossen in derselben Farbe wie ihr Haar. Sie trug Kostüme, manchmal Hosenanzüge. In allem sah sie gut aus. Wirklich. In allem. Immer elegant, aber nie aufdringlich. Selbst ihr Lachen. Elegant, aber nie aufdringlich. Ihre Stimme. Elegant, aber nie aufdringlich. Ihr Gang. Elegant, aber nie aufdringlich. Es gab überhaupt keinen Grund, sich um Milena Gedanken zu machen. Beim Betreten des Büros schrie nichts an ihr oder in ihr nach Aufmerksamkeit. Und dennoch bekam sie sie auf so schrecklich ungute Weise, dass es mich im Kern berührte. Ich musste an Jung denken. C.G. Jung, der Schweizer Psychiater und Begründer der analytischen Psychologie, der sich intensiv mit verschiedenen Aspekten des menschlichen Bewusstseins und der Psyche befasste. Jung betonte die Bedeutung des individuellen Unbewussten und des kollektiven Unbewussten. Das kollektive Unbewusste bezog sich auf gemeinsame Erfahrungen, Symbole und Archetypen, die in allen Kulturen und Gesellschaften anzutreffen sind. Jung glaubte, dass das kollektive Unbewusste einen Einfluss auf unsere Wahrnehmung und unser Verhalten hat, auch wenn wir uns dessen nicht bewusst sind. Jung würde immer betonen, dass der Feind eben nicht im Äußeren existiert, sondern eine Projektion oder Manifestation unserer inneren Konflikte und Ängste ist. Menschen neigten dazu, ihre ungelösten Konflikte und negativen Eigenschaften auf andere zu projizieren. Ohne individuelle Selbstreflexion und Selbstintegration keine gesunde psychische Entwicklung. Nur, wenn wir uns mit unseren eigenen Schattenaspekten und negativen Tendenzen auseinandersetzten, könnten wir eine größere innere Ganzheit erlangen und unsere Projektionen auf andere verringern.

Dass das Büro nun der Ort war, wo die Schattenseiten der Mitarbeiter wie Geister durch die Gegend flogen und ihr Unwesen trieben, war nicht gerade ideal. Wir standen ein bisschen mit dem Rücken zur Wand, wenn man sowas überhaupt noch sagen darf. 2023 war ein beschissenes Jahr für Start-ups. Die Investoren machten die Geldschränke zu, und die Geldbeutel und die Safes und alle Objekte, in denen sich ihr Geld befand. Ein neues Unternehmen zu gründen war so gut wie unmöglich, und ein existierendes zu halten, auch. Start-ups kündigten Mitarbeitern am laufenden Band. Sie zogen in kleinere Büros, versuchten die Kosten zu senken und irgendwie durch diese beschissene Phase zu kommen.

Auch wir versuchten, durch die Post-Corona-Krise zu surfen wie Pros. Aber seien wir ehrlich, das ging eigentlich nicht. Was Corona noch nicht erledigt hatte, erledigte jetzt die Zeit nach Corona. Wir waren ein Unternehmen, das Verbrauchern dabei half, ihre Rechte bei Flugverspätungen, Annullierungen oder Überbuchungen durchzusetzen. Quasi ein Fluggastrechte-Dienst, der 2010 in Deutschland gegründet wurde. Davon gab es einige. Eve Buechner zum Beispiel hatte refund.me kurz vor Corona für ordentlich Geld verkauft. Jetzt war aber nach Corona und keiner wollte Geld ausgeben.

Unsere beiden Founder Christian M. und Christian Z. standen kurz vor dem Nervenzusammenbruch. Eigentlich hatten sie schon längst einen Exit machen wollen. Wie alle planten, ihren Exit innerhalb der ersten zehn Jahre über die Bühne zu bekommen. Jedenfalls jene, die noch alle Tassen im Schrank haben. Keiner kann zehn Jahre lang ein Start-up leiten, ohne aus der Puste zu kommen. Am Anfang hat man noch Kraft. Deswegen setzt man alles auf eine Karte, um den Goldschatz in den Händen zu halten. Für das Ziel des Goldschatzes schafft man es, die Power aufzubringen. Ohne die Hoffnung darauf kann man das Pensum eines Gründers überhaupt nicht durchhalten. Aber die Hoffnung, die schrumpfte eben. „Wir haben den Zug verpasst!", sagte Christian Z. zu mir in stillen, verzweifelten Minuten. Und Christian M.s Haar war in den letzten drei Monaten von schwarz zu weiß geworden. Als jetzt noch die übriggebliebenen 13 Mitarbeiter behaupteten, dass Milena mit einem der „Christians schlief", war das gesamte Arbeitsklima am Boden. Vielleicht war aber gerade der desolate Zustand des Unternehmens überhaupt Schuld an dem ganzen Theater, das rund um Milena veranstaltet wurde. Die Panik vor dem Ende, die Angst vor der eigenen Entlassung, die internen Querelen und der allgemein ungute Wettkampf um den letzten Arbeitsplatz. Die Geschichte hatte es ja längst gezeigt. Wenn das Kollektiv strauchelt, braucht das Kollektiv einen Feind im Außen, um Stabilität zu kreieren. War das smart? Nein! War das sinnvoll? Nein! Passierte es trotzdem immer wieder? Ja!

Die Wochen vergingen und Milena machte einen top Job. Sie war von mir eingestellt worden, um den gesamten Prozess der Fahrgastrechteabwicklung zu verbessern, um konkurrenzfähig zu bleiben und mit dieser Konkurrenzfähigkeit einen Exit für die Zeit nach Post-Corona hinzulegen. Wir rechneten damit, dass es bis 2026 dauern würde. Solange bis sich die Wirtschaft erholt hatte. Wir lasen täglich Bloomberg und ließen uns Einschätzungen von amerikanischen Finanzexperten kommen. „Wir", das hieß ich und die beiden Christians. Milena bekam das alles mit, hielt aber schlauerweise ihren Mund. Sie mischte sich nie ein, äußerte sich nicht zu den widerlichen Slack-Channels, von denen sie selbstverständlich Wind bekommen hatte, und blieb allem Drama fern. Wenn sie in das Büro von einem der Christians musste, ließ sie mit Absicht die Tür offen, und die Christians machten mit, um die Gerüchte wissend. Auch wenn sie im tiefsten Inneren wünschten, die Gerüchte stimmten. Das muss man an dieser Stelle leider so sagen.

Besonders Christian Z. hatte es auf Milena abgesehen. Die Art und Weise, wie er Milena in Meetings ansah, wenn sie eine Powerpoint präsentierte, half ihr nicht besonders. Manchmal dachte ich, warum schafft er es nicht, sich ihr zuliebe zusammenzureißen, aber dann reflektierte ich auf den Mann als solchen und begriff, dass eine solche Erwartungshaltung unangebracht war. Im zweiten Halbjahr 2023 entließen wir fünf Personen aus der Rechtsabteilung, und ich und Milena blieben als Einzige übrig. Nicht gerade ideal, aber eben unausweichlich. Wir vermieteten Teile des Büros, um die Kosten zu senken, kündigten der Yogalehrerin, die immer Donnerstagfrüh kam, und installierten einen Wasserfilter am Wasserhahn, um die wöchentliche Wasserlieferung abbestellen zu können. Ab diesem Zeitpunkt fiel Christian M.s graues Haar aus und Christian Z. bekam eine Schuppenflechte im Gesicht. Ich glaubte, Alkohol in Christian Z.s Atem riechen zu können, wenn er morgens reinkam, doch vielleicht begann selbst ich die Nerven zu verlieren. Zwei Stunden am Tag brachte ich nun für Bewerbungen auf. Natürlich glaubte ich nicht mehr daran, dass wir das Unternehmen retten könnten. Dann – allen Unkenrufen zum Trotz – flogen Christian M. und Milena gemeinsam nach Moskau. Das war Januar 2024, und man kann sich sicherlich vorstellen, was plötzlich los war. Keiner verstand, dass eine Ukrainerin nach Moskau flog, doch alle waren sich einig, dass es darum ging, Christian M. in irgendeinem Luxushotel mit Blick auf den Kreml flachzulegen, wie nur Osteuropäerinnen Männer flachlegen konnten. Immerhin war nun klar, wer von den beiden Christians es immer gewesen war, und alle die auf M. getippt hatten, wurden von den Verlierern zum Essen bei Kreuzburger eingeladen.

Ob ich hinging? Natürlich nicht! Schließlich wusste ich im Gegensatz zu allen anderen, was es mit dem Trip nach Moskau auf sich hatte. Milena hatte das Unmögliche möglich gemacht, nämlich einen russischen Investor ranzuholen, der den beiden Christians zum Exit verhelfen würde. Am Verkauf verdiente Milena selbstverständlich mit. Der Deal wurde im März 2024 geclosed. Im Mai begann ich einen neuen Job. Rechtzeitig vor der Schließung der Berliner Büros. Das Unternehmen zog natürlich nach Moskau. Siebenstellig soll die Summe gewesen sein. Ich freute mich. Ganz ehrlich. Ganz ohne Hintergedanken. Vielleicht war ich deshalb auch die Einzige, die von Christian Z. zur Hochzeit eingeladen wurde. Das war im September 2024. Die Zeremonie fand in einem gläsernen Atrium statt, das mit schwebenden Blumeninstallationen und funkelnden Lichterketten geschmückt war. Milena schritt den gläsernen Gang hinunter in einem atemberaubenden maßgeschneiderten Kleid, das mit glitzernden Swarovski-Kristallen verziert war. Sie trug eine moderne Schleierkombination, die perfekt zu ihrem eleganten Brautstrauß aus exotischen Blumen passte. Ihr rotes Haar schimmerte durch. Das erste Mal sah ich es offen. Christian hielt ihre Hand. Er hatte sich in einen maßgeschneiderten blauen Anzug gequetscht. Locker 20 Kilo mehr auf den Knochen. Life as a millionaire, dachte ich. Da isst man gut, da genießt man das Leben. Ich freute mich. Ganz ehrlich. Ganz ohne Hintergedanken. Verdient hatte er es. Verdient hatte sie es. Warum nicht Schönheit anerkennen, wo Schönheit herrscht? Warum Anmut nicht aushalten, wenn Anmut den Raum betritt? Warum das Andere als Feind betrachten?

DAILY STRUGGLE

Buzzwordsssss

Christoph war vorbereitet. Tagelang hatte er an dem Vortrag gearbeitet. Es war sein erster Tag als neuer CEO von *Mattress for life*, einem Matratzenunternehmen, das behauptete, alles anders zu machen als man es bis dato in Sachen Bettutensilien kannte. Der letzte CEO war überraschend von den beiden Gründern entlassen worden und seitdem waren vier Wochen vergangen, in denen das Team nicht mehr wusste, wo vorne und hinten war. Christoph hatte zwölf Jahre lang bei Hasena gearbeitet. Ein Schweizer Unternehmen, das sich auf die Produktion von hochwertigen Bettsystemen spezialisiert hat. Die Unternehmensgeschichte von Hasena reichte zurück bis ins Jahr 1951, als Hansjörg A. Eberle das Unternehmen gründete. Anfangs war Hasena ein kleiner Betrieb gewesen, der sich auf die Herstellung von Holzbetten spezialisierte. Mit der Zeit erweiterte das Unternehmen sein Sortiment und begann, auch andere Materialien wie Metall und Polsterstoffe in die Produktion einzubeziehen. Dadurch konnte Hasena eine größere Vielfalt an Betten anbieten und den Bedürfnissen der Kunden besser gerecht werden. In den Achtzigerjahren übernahm Hansjörg Eberles Sohn, Heinz Eberle, die Leitung des Unternehmens. Unter seiner Führung wurde Hasena zu einer extrem bekannten Marke in der Bettenbranche und expandierte in neue Märkte. Das war Christophs

Aufgabe gewesen und diese Aufgabe hatte er selbstverständlich gemeistert wie ein fucking Pro.

Jetzt jedenfalls war er gekommen, um aus *Mattress for life* das zu machen, was er aus Hasena gemacht hatte. Aber Christoph war nicht gerade für seine unglaubliche Modernität bekannt. Boomer würden ihn die meisten nennen. Das wusste er. Das Durchschnittsalter der 180 Angestellten lag bei 31 Jahren. Er war 58. Für ihn ging es um die nächsten sowie letzten zehn Jahre seiner beruflichen Laufbahn. Und genau das sagte er sich auch, als er morgens an seinem ersten Tag vor dem Spiegel in seiner Vorstadtvilla stand. Die Zähne geputzt. Die Unterhose angezogen. Die Socken auch. Grau. Die Lampe im Bad leuchtete grell. Seine grauen Haare, die er bereits zurückgegelt hatte, schimmerten auf sehr angenehme Weise. Er beugte sich über das Waschbecken, schaute sich direkt in die Augen. Genauso wie es seine Ehefrau immer getan hatte, aber Monika war schon vor sechs Jahren ausgezogen und hatte beide Kinder mitgenommen, nachdem Christophs Affäre aufgeflogen war. Seitdem drückte er 5K im Monat an sie ab. Monika machte aktuell eine Ausbildung als Yogalehrerin, so wie alle, die wie Monika – naja, sagen wir mal, den Kleinfamilientraum gelebt hatten und damit gescheitert waren. Christoph datete nun seit einigen Jahren, dafür jedoch ziemlich erfolglos, jeden Freitag und Samstag jeweils eine neue Frau, die er auf Parship kennenlernte. Manchmal gab es auch Sex. Doch meistens eigentlich nicht. Damals, als Monika noch in seinem Leben war, war er begehrter. Damals, als Monika noch in seinem Leben war, war er glücklicher. Damals, als Monika noch in seinem Leben war, schien alles Sinn zu machen. Aber die Sinnlosigkeit, die sich durch Monikas Abgang, durch sein Leben zog, arbeitete er nun weg. 24/7. Ohne Pause. Ohne Verschnauf- oder Nachdenkpause, wie es eben nur Männer nach Heartbreaks konnten und machten, auch wenn es dazu führte, dass sie niemals darüber hinweg kommen würden. Die neue Herausforderung bei *Mattress for life* war genau DAS, worauf er nun sechs Jahre gewartet hatte. Jeden Tag um genau zu sein. Jeden Tag war Christoph aufgestanden und hatte das gemacht, was normalerweise GenZetter auf TikTok proklamieren: manifestieren. Christoph hatte sich einen neuen Job gewünscht. Christoph hatte sich eine neue Frau gewünscht. Christoph hatte sich ein neues Leben gewünscht. Christoph hatte sich einen neuen Christoph gewünscht. Midlife-Crisis nennen das die einen. Midlife-Crisis nannte es auch Christoph, ohne darauf in irgendeiner konstruktiven Weise reflektieren zu können. Er hatte sich kurz nach der Trennung ein Motorrad gekauft und dann zwei Jahre später auch noch ein Boot und vier Jahre später den Porsche. Sein ausgefallenes Haar war in der Türkei vor einem Jahr hergerichtet worden, was neben Motorrad, Boot und Porsche der wirklich smarteste Move gewesen war, auf den er hätte kommen können. Denn die Kopulationsrate war von unter fünf Prozent auf zumindest 15 angestiegen. Bleiben wollte keine. Erklären konnte sich das Christoph nicht, und wenn andere es ihm erklärten, dann behauptete er, sie würden falsch liegen. Selbstverständlich war ihm nicht zu helfen, aber damit reihte er sich selbstverständlich mit vielen anderen ein.

Frisch geduscht, gut angezogen, sexy frisiert, so stieg er in seinen 911er, fuhr ins Headquarter von *Mattress for life*, das im Industriegebiet von Ismaning bei München lag, parkte auf seinem zugewiesenen Parkplatz, fuhr mit dem Fahrstuhl in die 4. Etage, lief straight in die Meeting-Hall, wo schon die gesamte Belegschaft des Start-ups saß, stellte sich vor das Whiteboard, öffnete seinen Computer und setzte an: „Guten Morgen, ihr *Mattress-for-life*-Peeps. Ich bin stolz, mich als euer neuer CEO vorstellen zu dürfen. Betten, das ist mein Leben. Seit über 20 Jahren. Meine Erfahrungen mit euch teilen zu können und die Nummer hier aufs nächste Level zu hieven, ist mein Antrieb." So weit, so gut. Es wurde ein bisschen auf den Tisch geklopft und dann fuhr Christoph fort: Growth Hacking, Content Marketing, Influencer Marketing, Social Media Optimization (SMO), Search Engine Optimization (SEO), Conversion Rate Optimization (CRO), Customer Relationship Management (CRM), User Experience (UX), Personalization, Branding, Viral Marketing, Gamification, Omnichannel Marketing, Big Data, Artificial Intelligence (AI), Machine Learning, Chatbots, Augmented Reality (AR), Virtual Reality (VR), Internet of Things (IoT), Customer Engagement, Customer Journey, Targeting, Retargeting, A/B Testing, Analytics, Data-driven Marketing, Influencer Collaboration, Social Listening, Thought Leadership, Native Advertising, Storytelling, Agile Marketing, Micro-moments, Growth Marketing, Customer Segmentation, Brand Advocacy, Conversion Funnel, KPIs (Key Performance Indicators), Customer Lifetime Value (CLTV), Disruption, Scalability, Innovation, Disruptive Technology, Unicorn, Pivot, Lean Start-up, Minimum Viable Product (MVP), Agile Development,

Bootstrapping, Growth Hacking, Hypergrowth, Venture Capital, Angel Investor, Incubator, Accelerator, Seed Funding, Series A/B/C Funding, Pitch Deck, Product-Market Fit, Market Disruption, Stealth Mode, Disruptive Business Model, Early Adopters, Go-to-Market Strategy, Freemium Model, Customer Acquisition Cost (CAC), Burn Rate, Runway, Exit Strategy, Cash Flow Positive, Scale-up, Disruptive Innovation, Blue Ocean Strategy, Growth Mindset, Agile Growth, Customer Validation, MVP Iteration, Lean Canvas, Disruptive Start-up, Agile Entrepreneurship, Digital Transformation, Platform Economy, Internet of Things (IoT), Artificial Intelligence (AI), Blockchain, Cryptocurrency, Decentralization, Tokenization, Crowdfunding, Crowdsourcing, SaaS (Software as a Service), PaaS (Platform as a Service), E-commerce, Mobile-first, On-demand Economy, Gig Economy, Sharing Economy, Remote Work, Digital Nomads, Coworking Spaces, Disruptive Marketing, Growth Marketing, Product-led Growth, Customer Success, Churn Rate, Network Effect, Agile Leadership, Agile Development, User Acquisition, Viral Loop, Social Proof, Data-driven Decision Making, Agile Culture, Innovation Hub, Open Innovation, Minimum Viable Experiment (MVE), Agile Product Development, Customer-Centric, Talent Acquisition, Employee Engagement, Performance Management, Diversity and Inclusion, Employer Branding, Onboarding, Talent Development, Succession Planning, Employee Retention, Workforce Planning, Employee Benefits, Employee Wellness, Learning and Development, Leadership Development, Organizational Culture, Work-Life Balance, Flexible Work Arrangements, Remote Workforce, Employee Advocacy, Employee Recognition, Employee Satisfaction, Employee Empowerment, Agile HR, People Analytics, HR Technology, Employer Value Proposition (EVP), High Potential Employees, Talent Management, Performance Appraisal, Compensation and Benefits, HR Metrics, Employee Experience, Employee Feedback, Career Development, HR Transformation, Employer-employee Relationship, Employee Relations, Talent Pipeline, Employer of Choice, HR Compliance, User Experience (UX), User Interface (UI), Human-Centered Design, Design Thinking, Minimalism, Responsive Design, Flat Design, Material Design, Skeuomorphic Design, Gamification, Mobile First, Information Architecture, Wireframing, Prototyping, Visual Hierarchy, Typography, Grid System, Color Theory, White Space, Iconography, Branding, Visual Identity, Motion Design,

Interaction Design, Emotional Design, Design System, Aesthetic, Storytelling, Accessibility, Usability, Design Iteration, Design Sprint, Design Critique, Pixel-perfect, Design Patterns, Design Empathy."

Christophs Augen glänzten, als er fertig war. Er wartete auf den Applaus. Den Applaus, den er sich während der Fahrt zum Büro vorgestellt hatte. Im Auto zurückgelehnt, hatte er Siri darum gebeten, seinen Lieblings-Song anzumachen. „Money for nothing" von den Dire Straits. Er hatte die gesamte Fahrt über mitgesungen und nach dem Ende des Songs Siri gebeten, jetzt Applaus für die letzten Minuten bis zu seiner Ankunft im Büro ertönen zu lassen. Er wollte sich vorbereiten und hatte deswegen seine Mimik und Gestik im Auto geübt. Er hatte sogar die Sonnenblende runtergeklappt, um sich im Spiegel zu sehen. Gut hatte er sich gefühlt. Sehr gut. Super gut. Aber in dem Moment im Meeting-Raum schien absolut nichts gut zu sein. Eine unangenehme Stille legte sich über den Raum. Christoph begann zu schwitzen, atmete dann jedoch dreimal ein und aus, wie er es in den Yoga-Videos seiner Ex-Frau gesehen hatte, die er heimlich im Internet guckte, und sagte sich genau das, was er auch allen Freunden sagte, wenn wieder eines seiner Dates ihn nicht zum zweiten Mal treffen wollte: „Sie wissen mich einfach nicht zu schätzen, das ist alles."

Der Code

In den hektischen Straßen der Großstadt, in einem unscheinbaren Gebäude zwischen den glitzernden Wolkenkratzern, verbarg sich ein aufstrebendes Start-up namens „Zeitfluss". An den Eingangsbereich schloss sich ein langer Flur an, der mit einem ausgetretenen Teppichboden bedeckt war. Ein grüner Teppich. An den Wänden hing nichts und an der Decke nur eine Reihe von Neonröhren, die vor Monaten defekt ging und nun flackerte. Entlang des Flurs befanden sich zahlreiche Türen zu den einzelnen Büroräumen. Aber nur auf einer Seite. Der rechten, um genau zu sein. Die Türen waren aus weißem Pressspan gefertigt und mit trostlosen Firmenschildern versehen. Die Büros selbst waren nicht viel besser als der Flur. In ihnen standen standardisierte Schreibtische und Bürostühle, die in grauem und schwarzem Stoff gehalten waren. Hin und wieder konnte man eine kleine Zimmerpflanze auf den Fensterbänken entdecken, die verzweifelt versuchte, etwas Leben in die triste Umgebung zu bringen. An den Fenstern hingen graue Jalousien, die von den meisten Mitarbeitern auch noch geschlossen gehalten waren. Warum auch immer. Schließlich wäre das Hinausblicken-in-die-Welt besser gewesen als den ganzen Tag in einer tristen Höhle zu verbringen. Aber jeder trifft seine eigenen Entscheidungen. Ganz einfach. Ob man will oder nicht.

Zeitfluss, ein mittlerweile großes Team von leidenschaftlichen Entwicklern und Visionären, hatte sich hier versammelt, um ihre bahnbrechende App zu entwickeln – eine App, die das Zeitmanagement revolutionieren sollte. Die App sollte eine elegante Lösung für das allgegenwärtige Problem des modernen Lebens anbieten – die effektive Nutzung der Zeit. Mit einer einfachen und benutzerfreundlichen Oberfläche ermöglichte sie es den Menschen, ihre Zeit besser zu organisieren, Ablenkungen zu minimieren und sich auf die wirklich wichtigen Aufgaben zu konzentrieren. Ein sanftes Glockenspiel ertönt, wenn die App geöffnet wird. Ein geschwungener Zeitfluss-Verlauf erscheint auf dem Bildschirm, der die Stunden, Minuten und Sekunden des Tages symbolisiert. Durch einfaches Wischen und Tippen kann man Aufgaben hinzufügen, Prioritäten setzen und Erinnerungen einstellen. Die App bietet auch inspirierende Zitate und Motivationssprüche, die die Nutzer ermutigen sollen, fokussiert zu bleiben und ihre Ziele zu verfolgen. Doch das Herzstück der App war der „Zeitfluss"-Timer. Wenn man ihn aktiviert hatte, verschwanden alle unnötigen Benachrichtigungen und Apps auf dem Handy und ließen nur die aktuelle Aufgabe und den Timer im Vordergrund. Ein ruhiger, pulsierender Kreis zählte die Zeit herunter, währenddessen die Nutzer in einen Zustand tiefer Konzentration eintauchen konnten, der als „Flow" bekannt war. Dieser Zustand erlaubte es ihnen, in einem produktiven Rausch zu arbeiten und die Zeit wie im Flug verstreichen zu lassen. Schnell wurde die App mit Begeisterung aufgenommen. Bald darauf begannen zahlreiche Erfolgsgeschichten die sozialen Medien zu fluten – von Studenten, die ihre Noten verbesserten, über gestresste Berufstätige, die ein ausgewogeneres Leben führten, bis hin zu Künstlern, die ihre Schaffenskraft entfesselten. So veränderte „Zeitfluss" nicht nur das Leben seiner Nutzer, sondern auch das Schicksal des kleinen Start-ups. Ihr Name wurde zu einem Symbol für Effizienz und Lebensbalance. Das einst unscheinbare Büro wurde zu einem pulsierenden Ort des Fortschritts und der Kreativität. Während die App weiter wuchs und Menschen auf der ganzen Welt erreichte, saßen ihre Mitarbeiter in diesen merkwürdigen Büros, in denen Zeit und Raum miteinander zu verschwimmen schienen.

Die Mitarbeiter verbrachten unzählige Stunden an ihren Schreibtischen, umgeben von kahlen Wänden und dem monotonen Surren der Klimaanlage. Trotzdem gaben die Mitarbeiter ihr Bestes, sich dem

Willen des Gründers zu beugen, nämlich „Noise" und „Störungen" durch das minimalistische Design der Büros zu verringern, so wie die App es eben auch mit den Leben ihrer Nutzer tat. Kargheit war hier eben Programm. Kargheit war der Treiber. Kargheit war die Lösung. Die Antwort. Die Wahrheit. Und manche kamen nicht umhin, plötzlich zu begreifen, dass eben diese Kargheit zumindest bei ihnen größere Effektivität erzeugte. Das galt selbstverständlich nicht für alle Mitarbeiter. Aber ein nicht unbedeutender Teil sprach sich lauthals und energisch für das Dogma des Gründers aus und ließ bei jedem Meeting die Stimmen leiser werden, die sich einen Barcelona Chair und eine mit Farrow & Ball angemalte Wand wünschten. Alle paar Monate kam es zu einer Mini-Revolution, die aber von den Hardcore-Kargies (so nannten sie sich selbst irgendwann) schneller erstickt wurde, als man gucken konnte. Eine Zimmerpflanze war erlaubt. Der Rest sollte wie beschrieben im selben Stil sein. Jedes Büro. Jeder Raum. Jeder Bereich. Mit einer Ausnahme: Der Flur, der sich an den Eingang anschloss. Lang und einsam erstreckte er sich über viele Meter und verband die Büroräume miteinander. An der Wand zwar keine Farrow & Ball-Farbe, aber dafür der Code der App. Weiß auf schwarz. Noch vor dem Einzug hatte der Gründer die Wand in mehreren Schritten rabenschwarz anmalen lassen, um dann mit weißer Folie den Code der App draufzukleistern:

```
<!DOCTYPE html>

<html lang="en">


<head>

  <meta charset="UTF-8">

  <meta name="viewport" content="width=device-width, initial-scale=1.0">

  <title>To-Do List App</title>

  <link rel="stylesheet" href="styles.css">
```

```html
</head>

<body>
    <div class="container">
        <h1>To-Do List</h1>
        <div class="input-section">
            <input type="text" id="taskInput" placeholder="Neue Aufgabe
eingeben...">
            <button onclick="addTask()">Hinzufügen</button>
        </div>
        <ul id="taskList">
            <!-- Hier werden die Aufgaben hinzugefügt -->
        </ul>
    </div>

    <script src="app.js"></script>
</body>

</html>
```

```css
body {
    font-family: Arial, sans-serif;
    margin: 0;
    padding: 0;
    background-color: #f0f0f0;
```

```css
}

.container {
    max-width: 600px;
    margin: 30px auto;
    padding: 20px;
    background-color: #fff;
    border-radius: 5px;
    box-shadow: 0 2px 5px rgba(0, 0, 0, 0.2);
}

h1 {
    text-align: center;
}

.input-section {
    display: flex;
    margin-bottom: 20px;
}

input[type="text"] {
    flex: 1;
    padding: 10px;
    font-size: 16px;
```

```css
    border: 1px solid #ccc;
    border-radius: 5px;
}

button {
    padding: 10px 20px;
    font-size: 16px;
    background-color: #007bff;
    color: #fff;
    border: none;
    border-radius: 5px;
    cursor: pointer;
}

button:hover {
    background-color: #0056b3;
}

ul {
    list-style: none;
    padding: 0;
}

li {
```

```
display: flex;

justify-content: space-between;

align-items: center;

padding: 10px;

margin: 5px 0;

background-color: #f0f0f0;

border-radius: 5px;

}

li span {

    flex: 1;

}

li button {

    margin-left: 10px;

    background-color: #dc3545;

}
```

Über Jahre hatte er so an der Wand geklebt, bis einer der neu eingestellten Programmierer an diesem Code nicht einfach nur morgens und abends vorbeilief, wie es die meisten täglich taten, sondern ihn sich wirklich anschaute. Also so richtig anschaute. Intensiv und innig. Und schon am dritten Arbeitstag entdeckte er einen Fehler. Und diesen Fehler kommunizierte er selbstverständlich dem Gründer, aber der winkte nur ab und behauptete, dass der Programmierer vermutlich nicht richtig hingesehen hatte. Doch der Programmierer hatte hingesehen und der Bug war ein Bug, ob der Gründer dies nun wahrhaben wollte oder nicht. Aber der neu eingestellte Programmierer hatte keine Lust, seinen Job bei Zeitfluss nur deswegen zu verlieren, weil er so gerne Recht hatte und schaffte es, tagelang den Fehler zu ignorieren. Jeden Morgen ging er am Fehler vorbei, schaute kurz hin, zuckte mit den Schultern und ging weiter in sein karges Büro mit der kleinen grünen Zimmerpflanze. Abends dasselbe Spiel und natürlich auch während des Tages, wenn er zu seinen Meetings musste oder einen Kaffee brauchte oder ein Snickers. Er lief vorbei, schaute hin, zuckte mit den Schultern und ging weiter. Aber eines morgens, es war ein Sonntag, wachte er auf, sein Herz klopfte bis ins Gehirn hinein und er hielt es keine Sekunde länger aus, begann den Code, den er mittlerweile auswendig kannte, zu programmieren und entwickelte eine App, die eben diesen Fehler beinhaltete, von dem er dem Gründer berichtet hatte, ohne gehört zu werden. Gleich am Montagmorgen klopfte er ans Büro, zeigte den Beweis auf seinem Handy, ging mit dem Gründer in den Flur, verwies auf den falschen Teil des Codes und fühlte eine Befriedigung in sich. Dann ging alles ganz schnell. Die Office-Maus musste einen Handwerker bestellen, der die Folie an der besagten Stelle akribisch abkratzte bis nur noch das Schwarz der Wand zu sehen war, um dann den neu ausgedruckten Code an der Leerstelle anzukleben. Der Programmierer wurde zehn Tage später zum Mitarbeiter des Monats ernannt und durfte sogar – zum allerersten Mal in der Geschichte von Zeitfluss – ein Bild in seinem Büro aufhängen: Der Code als Poster. Ohne Bug.

Danke

Danke an alle Weggefährten: Familie, Freunde, Teams, Gründer und CxOs, Kollegen, Kritiker, Bekannte und Beamte! Ohne Euch wäre das nicht möglich gewesen. Danke an Alex, Christoph H., Maggi, Marie, Janet, Jaqui, Chrissi, Clara, Marci, Dirk, Nataly, Myrto, Alina, (A)Lina, Björni, Georg, Wevi, Christopher, die ALAHHU-Gruppe und alle bisherigen sowie derzeitigen DONE!Berlin-Mitarbeitenden! Auf die nächsten 10 Jahre mit Euch allen!